U0132911

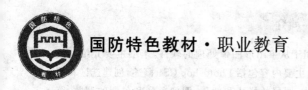

国防特色教材·职业教育

Photoshop CS4 平面设计

主　编　欧君才

副主编　刘晓芳　黄　艳

徐　柳　赖秦超

主　审　林道全

北京航空航天大学出版社

北京理工大学出版社　哈尔滨工业大学出版社

哈尔滨工程大学出版社　西北工业大学出版社

内容简介

Photoshop CS4 是 Adobe 公司最新开发的用于从事图形图像处理的软件,本书主要介绍其使用方法。本书根据高等职业教育需求安排内容,主要内容包括 Photoshop CS4 概述、创建选区和填充选区、绘制与处理图像、图层的基本概念和操作、图层的样式和效果、图像色彩和色调的调整、路径和文字、通道和蒙版、滤镜等。全书针对初学者的特点,精心策划,准确定位,概念清晰,例题丰富,深入浅出,实例分析透彻,内容安排合理,选材新颖丰富,逻辑性强,文字流畅,通俗易懂,可读性;可操作性强。同时结合重点内容,每章都介绍了综合性实例,使学生在学习理论知识的同时,还锻炼了自身的动手操作能力。

本书结构合理,层次清晰,示例丰富新颖,讲解详细透彻,可作为高等职业技术院校和各类培训学校 Photoshop 的培训教材,也可作为平面设计人员的自学参考书。

图书在版编目(CIP)数据

Photoshop CS4 平面设计/欧君才主编. —北京:北京
航空航天大学出版社,2010.1
ISBN 978 - 7 - 81124 - 823 - 4

Ⅰ.P… Ⅱ.欧… Ⅲ.平面设计—图形软件,Photoshop
CS4 Ⅳ.TP391.41

中国版本图书馆 CIP 数据核字(2009)第 114559 号

Photoshop CS4 平面设计

主 编 欧君才

副主编 刘晓芳 黄 艳 徐 柳 赖秦超

主 审 林道全

责任编辑 罗晓莉

*

北京航空航天大学出版社出版发行

北京市海淀区学院路 37 号(100191) 发行部电话:010 - 82317024 传真:010 - 82328026
http://www.buaapress.com.cn E - mail:bhpress@263.net

北京市松源印刷有限公司印装 各地书店经销

*

开本:787×960 1/16 印张:19.5 字数:437 千字
2010 年 1 月第 1 版 2010 年 1 月第 1 次印刷 印数:3 000 册
ISBN 978 - 7 - 81124 - 823 - 4 定价:38.00 元

前　言

作为业界著名的图形、图像和排版软件生产商,美国的 Adobe 公司多年来一直服务于世界各地的计算机用户,并创造了优秀的业绩,获得了良好的社会声誉,并得到广大用户的广泛好评。Photoshop CS4 是一个令人充满激情的软件,为我们的想象力与创造力提供了足够的发挥空间。希望广大读者朋友们能够真正体味到这个软件的个中乐趣,领略梦幻般的创作之美,在绚丽的世界里迎风高扬,不断收获快乐和满足。与以往的版本相比,Photoshop CS4 在界面上有了很大的改进,新增了多项功能,部分工具命令在功能和使用方法上也有改变。Photoshop CS4 被广泛应用于平面设计、包装装潢、照片处理、彩色出版及多媒体制作等领域,并提供了一系列能满足各领域要求的功能。该软件以其良好的性能多年来稳居世界一流软件之列,几乎是每一位接触电脑图形、图像设计用户的首选学习软件。

为了满足广大 Photoshop 初学者和各学校 Photoshop 课程的教学需求,作者结合多年的教学和设计实践经验,精心编写了此书。本书全面、系统、准确、生动地介绍了 Photoshop CS4 的各项功能和使用技巧。全书共 9 章,其中第 1 章为 Photoshop CS4 的概述,第 2 章介绍如何创建选区和填充区,第 3 章介绍了如何绘制与处理图像,第 4 章介绍了图层的基本概念和操作,第 5 章介绍了图层的样式和效果,第 6 章介绍图像色调和色彩的调整,第 7 章介绍路径和文字,第 8 章介绍通道和蒙版,第 9 章滤镜。

本书内容丰富全面,范例典型,操作步骤详细,讲练结合,图文并茂,通俗易懂,软件功能与实例紧密结合,即学即用;每章教学目标清楚,重点、难点突出,使读者可轻松学习,且容易上手。

本书面向广大初、中级读者,可作为高等院校计算机专业的相关教材,也可作为社会各类 Photoshop 平面设计初、中级培训班的首选教材。

由于本书采用黑白印刷,文中对颜色的处理不能如实反映,请读者配合计算机进行学习,更为直观的观察颜色效果。

目　录

第1章 Photoshop CS4 概述

Adobe Photoshop CS4 可用于获得最佳数字图像效果及将它们变换为可想象的任何内容。它是从事平面设计、插画设计、包装设计、网页制作、三维动画设计和影视广告设计等工作人员的首选设计工具。

1.1 Adobe Photoshop CS4 的主要功能

1. Adobe Photoshop CS4 的基本功能

工具、菜单命令、控制面板和滤镜等基本功能本书将从第 2 章起给大家做详细介绍。

2. Adobe Photoshop CS4 的增强功能

（1）调整面板

在"调整"面板中可快速访问用于"调整"面板中非破坏性地调整图像颜色和色调所需的控件，包括处理图像的控件和位于同一位置的预设。

（2）蒙版面板

在"蒙版"面板中可快速创建精确的蒙版。"蒙版"面板提供具有以下功能的工具和选项：创建基于像素和矢量的可编辑的蒙版、调整蒙版浓度并进行羽化以及选择不连续的对象。

（3）高级复合

可使用增强的"自动对齐图层"命令创建更加精确的复合图层，并使用球面对齐以创建360 度全景图。增强的"自动混合图层"命令可将颜色和阴影进行均匀地混合，并通过校正晕影和镜头扭曲来扩展景深。

（4）画布旋转

单击可平稳地旋转画布，以便以所需的任意角度进行无损查看。

（5）更平滑的平移和缩放

使用更平滑的平移和缩放，可以顺畅地浏览到图像的任意区域。在缩放到单个像素时仍能保持清晰度，并且可以使用新的像素网格，轻松地在最高放大级别下进行编辑。

（6）Camera Raw 中原始数据的处理效果更好

可使用 Camera Raw 5.0 增效工具将校正应用于图像的特定区域，并享受卓越的转换品质，同时可以将裁剪后的晕影应用于图像。

（7）使用 Adobe Bridge CS4 进行有效的文件管理

使用 Adobe Bridge CS4 可以进行高效的可视化素材管理,该应用程序具有以下特性:更快速的启动、具有适合处理各项任务的工作区,以及创建 Web 画廊和 Adobe PDF 联系表的超强功能。

(8) 功能强大的打印选项

Adobe Photoshop CS4 打印引擎能够与大部分常用的打印机紧密集成,还可预览图像的溢色区域,并支持在 Mac OS 上进行 16 位图像的打印。

(9) 3D 加速

启用 Open GL 绘图可以加速 3D 操作。

(10) 功能全面的 3D 工具

Photoshop CS4 可以直接在 3D 模型上绘画,将 2D 图像绕 3D 形状折叠,将渐变形状转换为 3D 对象,为图层和文本添加景深,并且可以轻松导出常见的 3D 格式。

(11) 处理特大型图像的性能更佳(仅限 Windows)

利用额外的内存,可以更快地处理特大型图像,且处理效果更好。但图像需要在安装有 64 位版本 Microsoft Windows Vista® 的 64 位计算机上处理。

1.2　Adobe Photoshop CS4 工作界面简介

Adobe Photoshop CS4 主界面,如图 1-1 所示。

图 1-1

Adobe Photoshop CS4 软件通过更直观的用户体验、更大的编辑自由度以及大幅提高的工作效率,使用户能更轻松地使用其强大功能。

　　Adobe Photoshop CS4 软件方便您存储并切换工作区。使用 Adobe Photoshop CS4 中的新调整面板和灵活的图像控制将更改所需时间缩短为之前在 Adobe Photoshop 较早版本中使用调整层、菜单命令和对话框进行更改所用时间的一半,如图 1-2 所示。

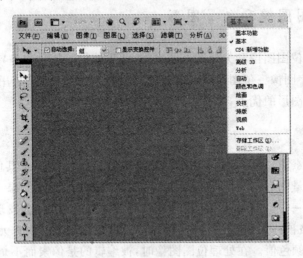

图 1-2

　　Adobe Bridge 是 Adobe Creative Suite 4 组件附带的跨平台应用程序。Adobe Bridge 可帮助用户查找、组织和浏览在创建打印、Web、视频以及移动内容时所需的资源,Adobe Bridge CS4 界面如图 1-3 所示。

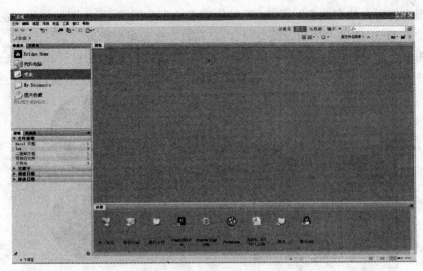

图 1-3

1.3   图像基本概念

1.3.1   位图图像和矢量图形

计算机绘图分为位图图像和矢量图形两大类,认识他们的特色和差异,有助于创建、输入、输出、编辑和应用数字图像。位图图像和矢量图形没有好坏之分,只是用途不同而已。因此,整合位图图像和矢量图形的优点,才是处理数字图像的最佳方式。

1. 位图图像

位图图像也叫像素图,它由像素或点的网格组成,Photoshop 以及其他的绘图软件一般都使用位图图像。与矢量图形相比,位图图像更容易模拟照片的真实效果。其工作方式就像是用画笔在画布上作画一样。如果将这类图形放大到一定的程度,就会发现它是由一个个小方格组成的;这些小方格被称为像素点。一个像素点是图像中最小的图像元素,每个像素点都被分配一个特定位置和颜色值。在处理位图图像时,被编辑的是像素而不是对象或形状,也就是说,编辑的是每一个点。

位图图像与分辨率有关,即在一定面积的图像上包含有固定数量的像素。因此,如果在屏幕上以较大的倍数放大显示图像,或以过低的分辨率打印,位图图像会出现锯齿边缘。

位图图像具有以下特点

① 位图文件所占的存储空间大,对于高分辨率的彩色图像,用位图存储所需的储存空间较大,像素之间独立,所以占用的硬盘空间、内存和显存比矢量图都大。

② 位图放大到一定倍数后,会产生锯齿。由于位图是由最小的色彩单位"像素点"组成的,所以位图的清晰度与像素点的多少有关,不同放大倍数的位图图像示例如图 1 - 4 所示。

3:1

24:1

图 1 - 4

③ 位图图像在表现色彩,色调方面的效果比矢量图更加优越,尤其在表现图像的阴影和色彩的细微变化方面效果更佳。

2. 矢量图形

矢量图形也称为面向对象的图像或绘图图像,在数学上定义为一系列由线连接的点。像AutoCAD、CorelDraw、Adobe Illustrator、Freehand等软件是以矢量图形为基础进行创作的。矢量图形文件中的图形元素称为对象。每个对象都是一个自成一体的实体,它具有颜色、形状、轮廓、大小和屏幕位置等属性。既然每个对象都是一个自成一体的实体,因此可以在维持某原有清晰度和弯曲度的同时,多次移动和改变它的属性,而不会影响图形中的其他对象。这些特征使基于矢量的程序特别适用于标志设计、图案设计、文字设计、版式设计和三维建模等,它生成的文件占用的空间也比位图文件要小。

由于矢量图形保存图形信息的办法与分辨率无关,因此无论放大或缩小多少倍,其都有一样平滑的边缘,一样的视觉细节和清晰度。

矢量图形具有以下特点:

① 一般的线条图形和卡通图形存成矢量图文件就比存成位图文件要小很多。矢量图形是存储文字(尤其是小字)和线条图形(比如徽标)的最佳选择。

② 移动、缩放或更改颜色不用担心会造成失真和形成色块而降低图形的品质,不同放大倍数下矢量图品质效果如图 1-5 所示。

③ 存盘后文件的大小与图形中元素的个数和每个元素的复杂程度成正比,而与图形面积和色彩的丰富程度无关。

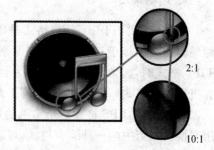

2:1

10:1

图 1-5

④ 通过软件,矢量图可以轻松地转化为位图,而位图转化为矢量图就需要经过复杂而庞大的数据处理,而且生成的矢量图的图像质量绝对不能和原来的位图图像质量比拟。

1.3.2　图像格式

图像格式是指计算机中存储图像文件的方法,它们代表不同的图像信息——是矢量图形还是位图图形、色彩数和压缩程度。图形图像处理软件通常会提供多种图像文件格式,每一种格式都有它的特点和用途。了解图像文件的特征能够帮助用户在处理时做出最佳的选择。下面介绍几种常用的图像文件格式及其特点。

1. 网页图像

GIF 格式:GIF 格式可以极大地节省存储空间,是网络上使用极广泛的一种压缩文件格式,常见于简易的小动画制作。该格式不支持 Alpha 通道,最大的缺点是最多只能处理 256 种色彩,不能用于存储真彩色的图像文件。但 GIF 格式支持透明背景,可以较好地与网页背景融合在一起。

JPEG 格式:JPEG(JPG)格式是一种有损压缩格式,文件体积可以有效压缩。在色彩要求度不高,允许图形失真的前提下,与 GIF 格式一样,是网页图像上经常采用的一种文件格式。由于 JPEG 格式会损失数据信息,因此,在图像编辑过程中需要以其他格式(如 PSD 格式)保存图像,将图像保存为 JPEG 格式只能作为制作完成后的最后一步操作。

PNG 格式:与 JPEG 格式的有损压缩相比,PNG 图像格式使用无损压缩方式来减少文件的大小;与 GIF 格式相比,PNG 图像格式不支持多图像文件或动画文件。同时 PNG 格式综合了 JPEG 格式和 GIF 格式的优点,具有图形透明自然、文件大小适中的特点。

2. 印刷输出

TIFF 格式:TIFF(TIF)格式是印刷行业中最受支持的图形文件格式,支持多数绘画、图像编辑和页面排版应用程序,但该格式不适用于在 Web 浏览器中查看。在将图像保存为 TIFF 格式时,通常可以选择保存为兼容计算机(IBM PC)可读的格式或者苹果(Macintosh)计算机可读的格式,几乎可以说是跨平台操作时的标准文件格式。

EPS 格式:EPS 格式是最常见的线条共享文件格式,是目前桌面印前系统普遍使用的通用交换格式当中的一种综合格式,可以用于存储矢量图形。就目前的印刷行业来说,使用这种格式生成的文件,几乎被所有的矢量绘制和页面排版软件支持。在 Photoshop 中打开其他应用程序创建的包含矢量图形的 EPS 文件时,Photoshop 会对此文件进行栅格化,将矢量图形转换为位图图像。

3. 其他格式

PSD 格式:PSD 格式是 Photoshop 特有的图像文件格式,支持 Photoshop 中所有的图像类型。PSD 格式具有很好地保存层、通道、路径、蒙版以及压缩方案,且不会导致数据丢失等优点。但是,很少有应用程序能够支持这种格式。所以在图像制作完成后,通常需要将其转换为一些比较通用的图像格式,以便于输出到其他软件中继续编辑。另外,用 PSD 格式保存图像时,图像没有经过压缩,所以当图层较多时,该格式会占很大的硬盘空间,比其他格式的图像文件还是要大得多。

BMP 格式:BMP 格式是 Windows 操作系统中的标准图像文件格式,即位图图像格式。它能够被多种 Windows 应用程序所支持。BMP 格式支持 RGB、索引色、灰度和位图颜色模

式,但不支持 Alpha 通道。彩色图像存储为 BMP 格式时,每一个像素所占的位数可以是 1
位、4 位、8 位或 32 位,相对应的颜色数也从黑白一直到真彩色。BMP 格式包含的图像信息较
丰富,几乎不进行压缩,因此,BMP 文件所占用的空间很大。目前 BMP 格式在单机上比较
流行。

1.4　颜色模式

1.4.1　颜色模式的概念

在 Photoshop 中,可以为每个文档选取一种颜色模式。颜色模式是指在电脑中颜色的不
同组合方式,它决定了用来显示和打印所处理图像的颜色方法。通过选择某种特定的颜色模
式,用户选用某种特定的颜色模型(一种描述颜色的数值方法)。换句话说,颜色模式以建立好
的描述和重现色彩的模型为基础,每一种模式都有它自己的特点和适用范围,用户可以按照制
作要求来确定颜色模式,并且可以根据需要在不同的颜色模式之间转换。

颜色模式是图形设计最基本的知识,下面是 Photoshop 包含的颜色模式。Photoshop 中
的颜色模式包括:RGB 模式、CMYK 模式、HSB 模式、Lab 模式、Indexed 模式、Bitmap 模式、
GrayScale 模式等,它们决定了图像中的颜色数量、通道数和文件大小。

下面,介绍一些常用的颜色模式。

1. RGB 颜色模式

RGB 色彩模式是工业界的一种颜色标准,是通过对红(R)、绿(G)、蓝(B)三个颜色通道的
变化以及它们相互之间的叠加来得到各式各样的颜色的,RGB 即是代表红、绿、蓝三个通道的
颜色,这个标准几乎包括了人类视力所能感知的所有颜色,是目前运用最广的颜色系统之一。
在 8 位/通道的图像中,RGB 颜色模式使用 RGB 模型为图像中每一个像素的 RGB 分量分配
一个 0~255 范围内的强度值。例如:纯红色 R 值为 255,G 值为 0,B 值为 0;灰色的 R、G、B
三个值相等(除了 0 和 255);白色的 R、G、B 都为 255;黑色的 R、G、B 都为 0。

RGB 图像使用三种颜色或通道在屏幕上重现颜色。在 8 位/通道的图像中,这三个通道
将每个像素转换为 24(8 位 x3 通道)位颜色信息。对于 24 位图像,可重现多达 1670 万种颜
色。对于 48 位(16 位/通道)和 96 位(32 位/通道)图像,甚至可重现更多的颜色。新建的
Adobe Photoshop 图像的默认模式为 RGB,计算机显示器使用 RGB 模型显示颜色。

2. CMYK 颜色模式

CMYK 颜色模式是一种专门针对印刷业设定的颜色标准,是通过对青(C)、洋红(M)、黄

（Y）、黑（K）四个颜色变化以及它们相互之间的叠加来得到各种颜色的，CMYK 即是代表青、洋红、黄、黑四种印刷专用的油墨颜色，也是 Photoshop 软件中四个通道的颜色。它每个像素的每种印刷油墨会被分配一个百分比值，最亮（高光）的颜色分配较低的印刷油墨颜色百分比值，较暗（暗调）的颜色分配较高的百分比值。例如，明亮的红色可能会包含 2％青色、93％洋红、90％黄色和 0％黑色。在 CMYK 图像中，当所有四种分量的值都是 0％时，就会产生纯白色。

在制作要用印刷色打印的图像时，应使用 CMYK 模式。CMYK 色彩不如 RGB 色彩丰富饱满，将 RGB 图像转换为 CMYK 即产生分色。如果从 RGB 图像开始设计，则最好先在 RGB 模式下编辑，然后在处理结束时转换为 CMYK。

3. HSB 颜色模式

HSB 颜色模式是根据日常生活中人眼的视觉特征而制定的一套颜色模式，最接近于人类对色彩辨认的思考方式。HSB 颜色模式以色相（H）、饱和度（S）和亮度（B）描述颜色的基本特征。

色相指从物体反射或透过物体传播的颜色。在 0 到 360 度的标准色轮上，色相是按位置计量的。在通常的使用中，色相由颜色名称标识，比如红、橙或绿色。饱和度是指颜色的强度或纯度，用色相中灰色成分所占的比例来表示，0％为纯灰色，100％为完全饱和。在标准色轮上，从中心位置到边缘位置的饱和度是递增的。亮度是指颜色的相对明暗程度，通常将 0％定义为黑色，100％定义为白色。

4. Lab 颜色模式

Lab 颜色模式由亮度分量（L）和两个色度分量组成，这两个分量即是 a 分量（从绿到红）和 b 分量（从蓝到黄）。其中 L 分量的范围是 $0\sim100$，a 分量和 b 分量的范围是 $+127\sim-128$。Lab 颜色模式与设备无关，不管使用什么设备（如显示器、打印机或扫描仪）创建或输出图像，这种颜色模式产生的颜色都保持一致。Lab 颜色模式通常用于处理 Photo CD（照片光盘）图像、单独编辑图像中的亮度和颜色值、在不同系统间转移图像以及打印到 PostScript（R）Level 2 和 Level 3 打印机。要将 Lab 图像打印到其他彩色 PostScript 设备，应首先将其转换为 CMYK。

5. 索引（indexed color）颜色模式

索引颜色模式用最多 256 种颜色生成 8 位图像文件。当用户将图像转换为索引颜色模式时，通常会构建一个调色板存放并索引图像中的颜色。如果原图像中的某种颜色没有出现在调色板中，程序会选取已有颜色中最相近的颜色或使用已有颜色模拟该种颜色。

在索引颜色模式下，通过限制调色板中颜色的数目可以减小文件大小，同时保持视觉上的品质不变。在网页中常常需要使用索引模式的图像。

6. 位图(bitmap)颜色模式

位图模式的图像只有黑色与白色两种像素组成,每一个像素用"位"来表示。"位"只有两种状态:0 表示有点,1 表示无点。位图模式主要用于早期不能识别颜色和灰度的设备。如果需要表示灰度,则需要通过点的抖动来模拟。位图模式通常用于文字识别,如果扫描需要使用 OCR(光学文字识别)技术识别的图像文件,须将图像转化为位图模式。

7. 灰度(grayscale)颜色模式

灰度模式在图像中使用不同的灰度级。在 8 位图像中,最多有 256 级灰度。灰度图像中的每个像素有一个 0(黑色)到 255(白色)之间的亮度值。在 16 和 32 位图像中,图像中的级数比 8 位图像要大得多。灰度值也可以用黑色油墨覆盖的百分比来度量(0%等于白色,100%等于黑色)。使用黑白或灰度扫描仪生成的图像通常以灰度模式显示。在将彩色图像转换为灰度模式的图像时,会扔掉原图像中所有的色彩信息。与位图模式相比,灰度模式能够更好地表现高品质的图像效果。

1.4.2　颜色模式的转换

为了在不同的场合正确输出图像,有时需要把图像从一种模式转换为另一种模式。Photoshop 通过执行"图像/模式(IMAGE/MODE)"子菜单中的命令,来转换需要的颜色模式。这种颜色模式的转换有时会永久性地改变图像中的颜色值。例如,将 RGB 模式图像转换为 CMYK 模式图像时,CMYK 色域之外的 RGB 颜色值被调整到 CMYK 色域之外,从而缩小了颜色范围。由于有些颜色在转换后会损失部分颜色信息,因此在转换前最好为其保存一个备份文件,以便在必要时恢复图像。

(1) 将其他模式的图像转换为位图模式

将图像转换为位图模式会使图像颜色减少到两种,从而大大简化图像中的颜色信息并减小文件大小。在将彩色图像转换为位图模式时,请先将其转换为灰度模式。这将删除像素中的色相和饱和度信息,而只保留亮度值。但是,由于只有很少的编辑选项可用于位图模式图像,所以最好是在灰度模式中编辑图像,然后再将它转换为位图模式。

(2) 将彩色模式的图像转换成灰度模式

如果将彩色模式的图像转换成灰度模式,图像中的颜色会产生分色,颜色的色域会受到限制。因此,如果图像是彩色模式的,最好选在彩色模式下编辑,然后再转换成灰度图像。

(3) 将位图模式图像转换为灰度模式

可以将位图模式图像转换为灰度模式,以便对其进行编辑。在灰度模式下编辑过的位图模式图像在转换回位图模式后,看起来可能与原来不一样。例如,在位图模式下为黑色的像素,在灰度模式下经过编辑后可能会转换为灰度级。在将图像转回到位图模式时,如果该像素的灰度值高于中间灰度值 128,则将其渲染为白色。

注意:灰度模式可作为位图模式和彩色模式间相互转换的中介模式。

(4)将其他模式转换为索引模式

在将彩色图像转换为索引颜色时,会删除图像中的多种颜色,而仅保留其中的 256 种颜色,即多数多媒体动画应用程序和网页所支持的标准颜色数。只有灰度模式和 RGB 模式的图像可以转换为索引颜色模式。该转换通过删除图像中的颜色信息来减小文件大小。

注意:图像在转换为位图或索引颜色模式时应进行拼合,因为这些模式不支持图层。

(5)利用 Lab 模式进行模式转换

在 Adobe Photoshop 所能使用的颜色模式中,Lab 模式的色域最宽,它包括 RGB 和 CMYK 色域中的所有颜色。所以使用 Lab 模式进行转换时不会造成任何色彩上的损失。Adobe Photoshop 便是以 Lab 模式作为内部转换模式来完成不同颜色模式之间的转换。例如,在将 RGB 模式的图像转换为 CMYK 模式时,计算机内部首先会把 RGB 模式转换为 Lab 模式,然后再将 Lab 模式的图像转换为 CMYK 模式图像。

第 2 章　创建选区和填充选区

在 Photoshop CS4 中,如需对图像的某个部分进行编辑,就必须有一个指定区域的过程,这个指定区域的过程称为选取。通过某些方式选取图像中的区域,形成选区。选区在 Photoshop 应用中是一个重要部分,必须明确以下两个概念:

① 选区可以是任何形状,但一定是封闭的;

② 选区一旦建立,大部分操作就只针对选区范围内,如要针对全图操作,必须先取消选区。

Photoshop 中创建选区可以使用工具箱中的选取工具,也可以使用一些菜单命令。另外,一些复杂选区的选取还可以使用路径、通道、蒙版及抽取等技术来创建。

2.1　使用选取工具创建选区

选取工具组分为规则选取工具组和不规则选取工具组。规则选取工具组又称选框工具组,有 4 个工具:矩形选框工具 ⬚、椭圆选框工具 ○、单行选框工具 ⚌ 和单列选框工具 ⫾。

2.1.1　规则选取工具组(选框工具组)

1. 选框工具组的基本使用

(1) 矩形选框工具的使用

在 Photoshop CS4 中打开一幅图像,在工具箱中单击 ⬚ 或按 M 键,将鼠标移到图像上,指针变成十字线状,用鼠标在画布窗口内拖曳,即可创建一个矩形选区,如图 2-1 所示。

(2) 椭圆选框工具的使用

鼠标单击选框工具组右下角黑色小箭头或右键单击,然后选择 ○,将鼠标移到图像上,指针变成十字线状,用鼠标在画布窗口内拖曳,即可创建一个椭圆形选区,如图 2-2 所示。

(3) 单行选框工具的使用

选择单行选框工具,鼠标变成十字线状,用鼠标单击画布窗口,即可创建一个一行单像素的选区,如图 2-3 所示。

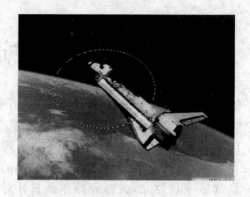

图 2 – 1　　　　　　　　　　　　　　　　　图 2 – 2

（4）单列选框工具的使用

选择单列选框工具，鼠标变成十字线状，用鼠标在画布窗口单击，即可创建一个一列单像素的选区，如图 2 – 4 所示。

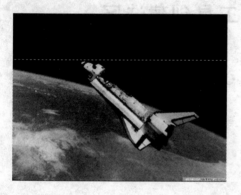

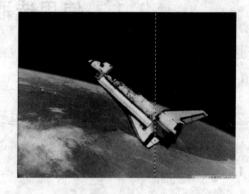

图 2 – 3　　　　　　　　　　　　　　　　　图 2 – 4

● 默认参数下，创建选区后，将鼠标移到选区内部，可任意移动选区。

● 用鼠标单击选区外的区域，可取消选区。

● 如需创建正方形选区，选择矩形选框工具后按住 Shift 键，同时在画布窗口拖曳；如需创建正圆形选区，选择椭圆选框工具后按住 Shift 键，同时在画布窗口拖曳。

● 对于矩形选框或椭圆选框工具，按住 Shift＋Alt 键，同时在画布窗口拖曳可创建以鼠标单击点为中心的正方形或圆形区域。

2. 选框工具组的选项栏

选框工具的选项栏如图 2 – 5 所示。各选项作用及使用如下。

图 2 - 5

① "设置选区形式"按钮 ：也称选区运算方式按钮，所谓选区的运算是指选区的添加、减去、交集等操作。

● "新选区"按钮 ：在新选区状态下，新选区将会取代原来旧选区，相当于取消选区后重选。这个特性可以用来取消选区。

● "添加到选区"按钮 ：在添加状态下，光标将变成＋，这时新旧选区将同时存在。如果新选区在旧选区之外，则形成两个封闭流动的虚线框，如图 2-6 所示；如果新旧选区彼此相交，则只有一个虚线框出现，如图 2-7 所示。

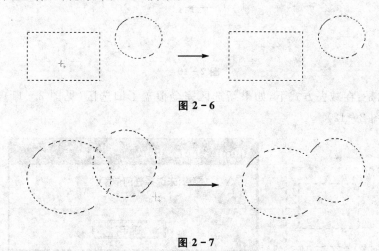

图 2 - 6

图 2 - 7

按住 Shift 键，再用鼠标拖曳出一个新选区，也可以使创建的新选区与原来的选区合成一个新选区。

● "从选区减去"按钮 ：在减去状态下，光标变成＋，这时新的选区将会减去旧的选区。如果新选区在旧选区之外，则没有任何效果，如图 2-8 所示。

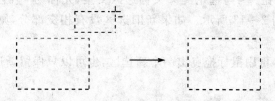

图 2 - 8

如果新选区与旧选区有相交部分,就减去了两者相交的区域,如图2-9所示。

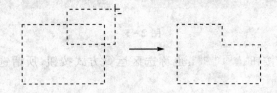

图 2-9

如果新选区在旧选区之内,则形成一个中空的选区,如图2-10所示。

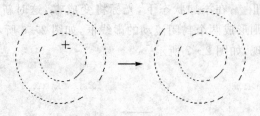

图 2-10

但要注意的是:在减去方式下,如果新选区完全覆盖了旧选区(见图2-11),就会产生一个错误提示(见图2-12)。

图 2-11   **图 2-12**

按住Alt键,再用鼠标拖曳出一个新选区,也可完成与按下"从选区减去"按钮相同的功能。

● "与选区交叉"按钮:与选正交叉又称选区交集,光标为十,它的效果是保留新旧两个选区相交的部分,如图2-13所示。如果新旧选区没有相交部分,则会出现图2-12的警告框。

按住Shift+Alt键,再用鼠标拖曳出一个新选区,也可以只保留新选区与原来选区重合的部分,得到一个新选区。

② "羽化"文本框 羽化: 0 px :羽化的作用是虚化选区的边缘,使选区边缘柔和。文本框内的数值可设置选区边界的羽化程度。数值单位是像素,数字为0时,表示不进行羽化。图2-14(a)

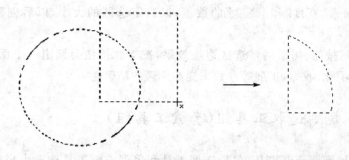

图 2 - 13

是不进行羽化的选区填充图案后的效果；图 2 - 14(b)是羽化 10 个像素后填充图案的效果。

③ "消除锯齿"复选框 ☑消除锯齿 ：该选项只有在选择了椭圆选框工具后才变为有效。选中该复选框后，可以使选区边界平滑。图 2 - 15(a)是取消了"消除锯齿"复选框创建选区填充颜色的效果；图 2 - 15(b)是选中"消除锯齿"复选框创建选区填充颜色的效果。可以看到，图 2 - 15(a)图的圆边缘较为生硬，有明显的阶梯状，也叫锯齿。图 2 - 15(b)图的圆显得相对较为光滑一些。

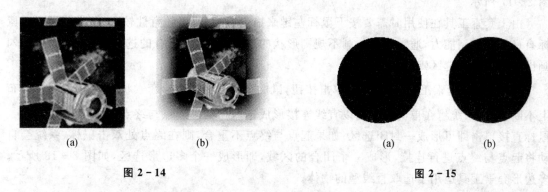

(a)　　　　　　　　　(b)　　　　　　　　　　　　　(a)　　　　　　　　(b)

图 2 - 14　　　　　　　　　　　　　　　　　　图 2 - 15

④ "样式"下拉列表框 样式：固定大小 ▾ ：该下拉列表框只有在单击按下"椭圆选框工具"按钮或"矩形选框工具"按钮后才变为有效。它有 3 个下拉菜单可选，如图 2 - 16 所示。

● 选择"正常"样式后，可以沿着鼠标轨迹创建任意大小的选区。

● 选择"固定长宽比"样式后，"样式"列表框右边的"宽度"和"高度"文本框变为有效，可在这两个文本框内输入"宽度"和"高度"的数值，以确定长宽比，这样，无论选取多大的选区，一定是按照这个长宽比扩大或缩小。"宽度"和"高度"之间的双向箭头作用是交换两个数值。

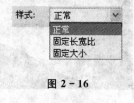

图 2 - 16

● 选择"固定大小"样式后，"样式"列表框右边的"宽度"和"高度"文本框变为有效，可在这两个文本框内输入"宽度"和"高度"的数值,以确定选区的大小,以后创建的选区都是该尺寸。

⑤"调整边缘"按钮:用于调整选区边缘效果,按下此按钮会调出一个面板,允许调整半径、对比度、平滑、羽化、收缩、扩展等参数来提高选区的精确性。

2.1.2　不规则选取工具组(套索工具组)

矩形选框工具、椭圆选框工具、单行选框工具和单列选框工具选取出来的选区是较规则的,这样的选区很难胜任在实际制作中的需要。接下来介绍如何建立一个任意形状的选区。建立任意选区的工具有套索工具、多边形套索工具、磁性套索工具以及魔棒工具。

1. 套索工具组各工具的基本使用

①"套索工具"按钮⟨image⟩:单击按钮,鼠标指针变为套索状⟨image⟩。按下鼠标左键并在画布窗口内拖曳,松开鼠标,Photoshop 会自动将起点与终点进行连接,形成一个闭合的选区,如图 2-17 所示。

由于套索工具在使用时需要按下鼠标左键来拖曳鼠标,所以随意性较大,要求使用者对鼠标有良好的控制能力,通常用来勾画不规则形状的选区,或者为已有的选区做修补,如果想勾画出非常精确的选区则不宜使用它。

②"多边形套索工具"按钮⟨image⟩:单击按钮,鼠标指针变为多边形套索状⟨image⟩。用鼠标在画布上不断单击,系统将在单击点之间以直线连接形成选区。如果起点与终点重合,光标显示⟨image⟩,鼠标直接单击即可形成一封闭选区;如果起点与终点不重合,则在终点处双击鼠标,系统会自动将起点与终点进行连接,形成一个闭合的区域,即形成一个多边形选区,如图 2-18 所示。多边形套索工具适用于选取直线型的物体。

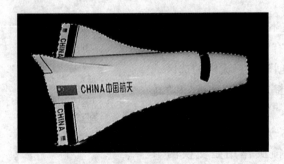

图 2-17　　　　　　　　　　　　　　　　　　　　图 2-18

③"磁性套索工具"⟨image⟩按钮:用鼠标在画布窗口内单击,然后可以松开鼠标左键,只移动

鼠标或者滚轮进行拖曳,系统会自动根据鼠标拖曳出的选区边缘的色彩对比度来调整选区的形状,在适当的地方可单击鼠标添加节点,如果起点与终点重合,光标显示 ✂,鼠标直接单击即可形成一封闭选区;如果起点与终点不重合,则在终点处双击鼠标,系统会自动将起点与终点进行连接,形成一个闭合的选区,如图 2-19 所示。磁性套索工具适用于选取区域外形比较复杂的图像,同时又与周围图像的色彩对比度反差比较大的情况。

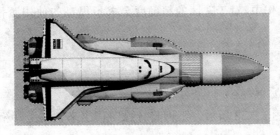

图 2-19

2. 套索工具组的选项栏

套索工具与多边形套索工具的选项栏基本一样,如图 2-20 所示,这些参数在前面已经介绍过。而磁性套索工具的选项栏如图 2-21 所示,下面简介其余部分参数的作用。

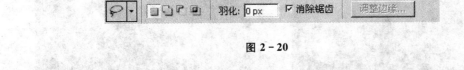

图 2-20

图 2-21

① "宽度"文本框:用来设定系统检测的范围,单位为像素(px)。当用户用鼠标拖曳出选区时,系统将在鼠标指针周围指定的宽度范围内选定反差最大的边缘作为选区的边界。该数值取值范围是 1～40 像素。通常,当选取具有明显边界的图像时,可将"宽度"文本框内的数值调大一些。

② "边对比度"文本框:用来设置系统检测选区边缘的精度,当用户用鼠标拖曳出选区时,系统将认为在设定的对比度百分数范围内的对比度是一样的。该数值越大,系统能识别的选区边缘的对比度也越高。

③ "频率"文本框:用来设置选区边缘关键点出现的频率,此数值越大,系统创建关键点的速度越快,关键点出现的也越多。其取值范围是 0～100。

④ "钢笔压力"按钮:如果用户正在使用光笔绘图板,可选择或取消选择"钢笔压力"。若

按下该按钮,可增大光笔压力导致边缘宽度减小。

2.1.3 魔棒工具和快速选择工具

在 Photoshop CS 4 中,魔棒工具可以通过选取图像中颜色相近或大面积单色区域的像素来制作选区。在实际工作中,对于选区的精确度要求不很高的使用魔棒工具可以节省大量的时间。

1. 魔棒工具

(1) 基本使用方法

打开一幅图像,如图 2-22 所示。下面将柠檬"抠"出来。在工具箱中选择魔棒工具后,用鼠标单击蓝色背景,则背景将被选中。若还有部分阴影未被选中,在"添加到选区" 🔲 的状态下,再单击阴影部分。也可以通过适当增加"容差"值的方法进行选取。选取效果如图 2-23 所示。按下 Shift+Ctrl+I,即可进行反选,将柠檬图像选中。

图 2-22   图 2-23

(2) 选项栏

魔棒工具的选项栏如图 2-24 所示。

| ✳ ▾ | 🔲🔲🔲🔲 | 容差:32 | ☑消除锯齿 ☑连续 | □对所有图层取样 | 调整边缘… |

图 2-24

前面没有介绍过的选项作用如下。

"容差"文本框:确定魔棒工具选取的颜色范围。设置的容差值越小,选取颜色的范围越小;设置的容差值越大,选取颜色的范围就越大。可输入的数值范围为 0~255,系统默认值为 32。

"连续"复选框:选中"连续"选项,选取与单击处相邻且颜色在容差范围内的整片色块。否则,在颜色容差范围内的所有像素都将被选中。

"用于所有图层"复选框:选中"用于所有图层",Photoshop 会把所有的图层看做一个图层来处理,"魔棒工具"选取的是所有图层中在单击处颜色容差范围内相近的颜色。否则,只选取当前图层中在颜色容差范围内的像素。

2. 快速选择工具

快速选择工具是从 Photoshop CS 3 开始新增的工具,它的选项栏如图 2-25 所示。快速选择工具是智能的,它比魔棒工具更加直观和准确。使用时不需要在要选取的整个区域中涂画,快速选择工具会自动调整所涂画的选区大小,并寻找到边缘使其与选区分离。

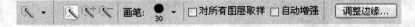

图 2-25

快速选择工具的使用方法是基于画笔模式的。也就是说,可以"画"出所需的选区。如果是选取离边缘比较远的较大区域,就要使用大一些的画笔;如果是要选取边缘则换成小尺寸的画笔,这样才能尽量避免选取背景像素。

2.2　使用菜单命令创建选区和编辑选区

"选择"菜单中提供了各种控制和变换选区的命令,通过对"选择"菜单的学习可以更好更迅速地创建和变换选区。单击"选择"菜单,弹出如图 2-26 所示的选择菜单。

2.2.1　使用菜单命令创建选区

1. 创建选区的基本操作

① 单击"选择"→"全部"菜单命令,快捷键为 Ctrl+A,即可将整个画布选取。

② 单击"选择"→"反向"菜单命令,快捷键为 Shift+Ctrl+I,可选择当前选区外的部分为选区。

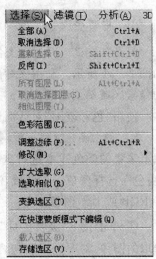

图 2-26

2.“扩大选取”和“选取相似”

① 扩大选取：在已经有了一个或多个选区后，要扩大与选区内颜色和对比度相同或相近的区域为选区，可以单击“选择”→“扩大选取”菜单命令。例如，图 2-27 是有了一个选区的图像，三次单击“选择”→“扩大选取”菜单命令后图像的选区如图 2-28 所示。

图 2-27　　　　　　　　　　　　　　　　　　　图 2-28

② 选取相似：如果已经有了一个或多个选区，要将与选区内颜色和对比度相同或相近的像素选择为选区，可单击“选择”→“选取相似”菜单命令。选取相似可以在整个图像内选取与原选区内颜色和对比度相近的像素，可创建多个选区；而扩大选取是在原选区的基础上扩大选区的选取范围。图 2-27 的选区执行三次“选取相似”后的效果如图 2-29 所示。

3.“色彩范围”

打开如图 2-30 所示图像，单击“选择”→“色彩范围”菜单命令，可调出“色彩范围”对话框如图 2-31 所示。利用该对话框，在容差中设定允许的范围，可以将图像中所有在色彩范围内的像素区域都创建成选区。

使用“色彩范围”对话框创建相近颜色像素的选区的方法介绍如下。

①“选择”下拉列表框：提供 11 种不同选择模式。选择“取样颜色”将按照颜色滴管在图像上采集的颜色样本进行选择。也可以指定一个标准色彩或色调范围选项用以创建选区。“溢色”：选择颜色警告区域，溢出颜色是 RGB 或 Lab 颜色，表示不能使用印刷色打印，仅适用于 RGB 或 Lab 图像。

② 单击按下“吸管工具” ![吸管] 按钮，再单击画布内或“色彩范围”对话框内预览图像中的要选取的图像，对要选择和包含的颜色进行取样。此处单击图 2-30 所示图像中的红色花朵部分。

图 2 - 29   图 2 - 30

③ "颜色容差"：在选择"取样颜色"模式下有效,该功能能达到柔化选区边缘的目的。用鼠标拖曳"颜色容差"滑块或在其文本框中输入数字,可调整选取颜色的容差值。容差越大,选取的相似颜色的范围也越大。通过调整颜色容差,可以控制相关颜色包含在选区中的程度,来部分地选择像素。

④ 如果单击选中"选择范围"单选项,则在"色彩范围"对话框内显示选区的状态(白色表示选区);如果单击选中"图像"单选项,则在"色彩范围"对话框内显示画布中的图像。要在"色彩范围"对话框中的"图像"和"选区"预览之间切换,还可以在操作的同时按住 Ctrl 键。

⑤ 如果要添加颜色以使选区扩大,可单击按下"添加到取样"按钮 🖋 或按住 Shift 键,再单击画布内或"色彩范围"对话框内预览图像中的要添加的颜色。如果要减去颜色以使选区缩小,可单击按下"从取样中减去"按钮 🖋 或按住 Alt 键,再单击画布内或"色彩范围"对话框内预览图像中的要减去的颜色。

⑥ 若要在图像窗口中预览选区,可在"选区预览"下拉列表框中选择相应的选项。

● "无"选项：不设定预览方式。

● "灰度"选项：以灰度方式显示预览区。

● "黑色杂边"选项：以原色显示选区,其他区域用黑色覆盖。

● "白色杂边"选项：以原色显示选区,其他区域用白色覆盖。

● "快速蒙版"选项：以原色显示选区,非选择区域为蒙版颜色。

⑦ 单击"色彩范围"对话框中的"存储"按钮,可以调出"存储"对话框,利用该对话框可以保存当前设置。单击"色彩范围"对话框中的"载入"按钮,可以调出"载入"对话框,利用该对话框可以重新使用当前设置。

按照图 2 - 31 所示进行设置,单击"确定"按钮后,创建的选区如图 2 - 32 所示。

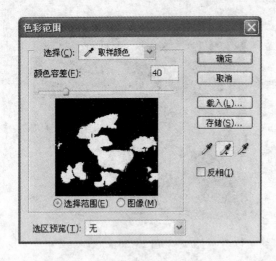

图 2-31　　　　　　　　　　　　　　　图 2-32

2.2.2　使用快速蒙版创建选区

快速蒙版模式是制作选区的另一种非常有效的方法。在快速蒙版模式下,用户可以用 Photoshop 中所有的编辑工具或滤镜来编辑蒙版,然后将蒙版转换为选区。使用这种方法,主要有如下两个优点。

● 由于用户可使用各种绘画和修饰工具编辑蒙版,因此,用户利用它制作任意形状的选区,特别是图像非常复杂时,这种方法非常有效。

● 由于蒙版本身包含了透明度信息,因此,利用这种方法可获取各种形式的羽化效果,从而制作出一些令人意想不到的效果。

2.2.3　编辑选区

1. 移动、取消和隐藏选区

① 移动选区:在使用选框工具组的情况下,将鼠标指针移到选区内部此时鼠标变为 ▷̥ 状,再拖曳鼠标,即可移动选区。如果按住 Shift 键,再同时拖曳鼠标,可以水平、垂直或 45°斜线方向移动。

② 取消选区:在"新选区" ▢ 或与选区交叉 ▣ 状态下,单击画布窗口选区外任意处,即可取消选区。另外,单击"选择"→"取消选区"菜单命令或按 Ctrl＋D 键,也可取消选区。

③ 恢复取消的选区：如果要重新恢复取消的选区，可单击"选择"→"重新选择"菜单命令或按 Ctrl＋Shift＋D 键。

④ 隐藏选区：单击"视图"→"显示"→"选区边缘"菜单选项，使它左边的对勾取消，即可使选区边界的流动线消失，隐藏选区。虽然选区隐藏了，但对选区的操作仍可进行。如果要使隐藏的选区再显示出来，可重复刚才的操作，使"选区边缘"菜单选项左边的对勾出现。

2. 修改选区

Photoshop CS 4 中修改选区有 5 个命令，单击"选择"→"修改"，即可弹出如图 2-33 所示选区修改菜单。

图 2-33

① 修改选区菜单中 4 个命令的含义如下。

边界：使选区外界线外增加一条扩展的边界线，两条边界线所围的区域为新的选区。

平滑：使选区边界平滑。

扩展：使选区边界线向外扩展。

收缩：使选区边界线向内缩小。

执行修改选区的相应菜单命令后，均会调出一个相应的对话框，输入修改量（单位为像素）后，单击"确定"按钮即可完成修改的任务。例如，单击"选择"→"修改"→"边界"菜单命令，即可调出如图 2-34 所示"边界选区"的对话框。

② 羽化：单击修改选区的"羽化"命令后，调出"羽化选区"对话框，如图 2-35 所示。输入羽化半径的数值，再单击"确定"按钮，即可进行选区的羽化。

图 2-34

图 2-35

3. 变换选区

创建选区后，还可以变换选区，即可以调整选区的大小、位置、形状及旋转选区。

在画布中任意建立一个椭圆选区，单击"选择"→"变换选区"菜单命令，此时的选区周围出现控制框如图 2-36 所示。再按照下述方法可以变换选区。

① 调整选区大小:将鼠标指针移到选区四周的控制柄处,鼠标指针会变为直线的双箭头状,再用鼠标拖曳,即可调整选区的大小。

② 调整选区的位置:将鼠标指针移到选区内,鼠标指针会变成黑箭头状,再用鼠标拖曳,即可调整选区的位置。

③ 旋转选区:将鼠标指针移到选区四周的控制柄外,鼠标指针会变成弧线的双向箭头状,再用鼠标拖曳,即可旋转选区,旋转后的选区如图所示。将鼠标指针移到选区中间的中心点标记处,拖曳鼠标,可将中心点标记移动,改变旋转的中心点位置。

④ 其他方式变换选区:单击"编辑"→"变换",或将鼠标放在控制框内右键单击即可弹出如图 2-37 所示菜单命令,可以完成选区的缩放、旋转、斜切、扭曲、透视和变形等操作。

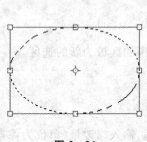
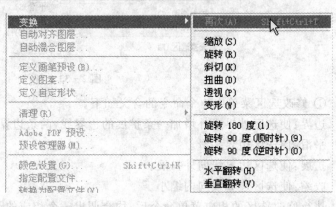

图 2-36   图 2-37

选区变换完成后,按回车键可以直接应用选区的变换。也可以单击工具箱内的其他工具,将调出一个提示框,如图 2-38 所示。单击"应用"按钮,即可完成选区的变换。单击"不应用"按钮,可取消选区变换。

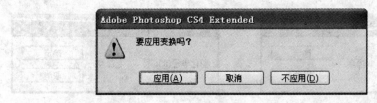

图 2-38

4. 存储和载入选区

(1) 存储选区

单击"选择"→"存储选区"菜单命令,调出"存储选区"对话框,如图 2-39 所示。利用该对话框可以保存创建的选区,以备以后使用。

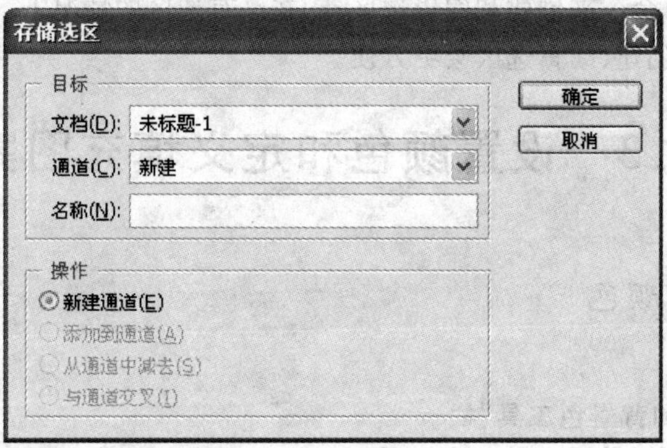

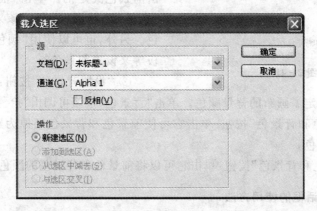

图 2 – 39

(2) 载入选区

单击"选择"→"载入选区"菜单命令,调出"载入选区"对话框,如图 2 – 40 所示。利用该对话框可以载入以前保存的选区。

图 2 – 40

在该对话框中的"操作"栏内选择不同的选项,可以设置载入的选区与已有的选区之间的关系,这与 2.1 节所述内容基本一样。

如果选择了"新建选区"单选项,则载入选区后,载入的选区会替代原来的选区。

如果选择了"添加到选区"单选项,则载入选区后,载入的选区会与原来的选区相加生成新的选区。

如果选择了"从选区中减去"单选项,则载入选区后,会在原来的选区中减去载入的选区,生成新的选区。

如果选择了"与选区交叉"单选项,则载入选区后,会产生新的选区,新的选区就是载入的选区与原来选区相交叉的部分。

当然,除了用菜单命令来创建和编辑选区外,在已有选区的情况下,鼠标右键单击,利用相应工具的快捷菜单来创建、编辑选区会更方便。

2.3　设置颜色和定义填充图案

2.3.1　设置颜色

1."切换前景色和背景色工具"栏

工具箱中的"切换前景色和背景色工具"栏如图 2-41 所示。各部分作用如下。

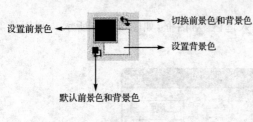

设置前景色

切换前景色和背景色

设置背景色

默认前景色和背景色

图 2-41

① "设置前景色"按钮:它给出了所设的前景色颜色,用单色绘制和填充图像时的颜色是由前景色决定的。单击"前景色"按钮可调出"拾色器"对话框,利用该对话框可设置前景色。另外,也可以使用"颜色"调板或"色板"调板等来设置前景色。

② "设置背景色"按钮:它给出了所设的背景色颜色,背景色决定了画布的背景颜色。单击"背景色"按钮可调出"拾色器"对话框。

③ "默认前景色和背景色"按钮:单击它可使前景色和背景色还原为默认状态,即前景色为黑色,背景色为白色。

④ "切换前景色和背景色"按钮:单击它可以将前景色和背景色的颜色互换。

2."拾色器"对话框的使用方法

单击"前景色"或"背景色"按钮,可调出"拾色器"对话框。"拾色器"分为 Adobe 和 Windows"拾色器"两种。默认是 Adobe"拾色器",其对话框如图 2-42 所示。

使用 Adobe"拾色器"对话框选择颜色的方法如下。

① 粗选颜色:将鼠标指针移到"颜色选择条"内,单击一种颜色,这时"颜色选择区域"的颜色也会随之发生变化。在"颜色选择区域"内会出现一个小圆,它是目前选中的颜色。

② 细选颜色:在"颜色选择区域"内,用鼠标单击(此时鼠标指针变为小圆状)要选择的颜色。

③ 选择接近的打印色:如果图像需要打印,则再单击"最接近的可打印色"按钮。

④ 选择接近的网页色:如果图像要作为网页输出,则再单击"最接近的网页可使用的颜

原来的颜色　现在选择的颜色　打印溢色标记　最接近的可打印色

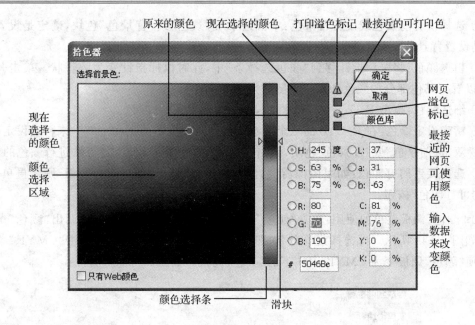

图 2 - 42

色"按钮。

⑤ 选择自定颜色：单击"颜色库"按钮，调出"颜色库"对话框，利用该对话框可以选择"颜色库"中自定义的颜色。

⑥ 精确设定颜色：可在 Adobe"拾色器"对话框右下角的各文本框内输入相应的数值来精确设定颜色。在"♯"文本框内应输入 RRGGBB 六位十六进制数。

3. 使用"颜色"调板设置前景色和背景色

单击"窗口"菜单，选择"颜色"，会在 Photoshop 界面右区域看到"颜色"调板，如图 2 - 43 所示。利用它设置前景色和背景色的方法如下。

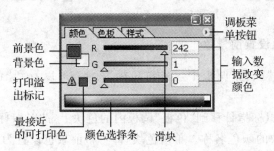

图 2 - 43

① 选择设置前景色或设置背景色：单击选中"前景色"或"背景色"色块，确定是设置前景色还是设置背景色。

② 粗选颜色：将鼠标指针移到"颜色选择条"中，此时鼠标指针变为吸管状。单击一种颜色，可以看到其他部分的颜色和数据也随之发生变化。

③ 细选颜色：拖曳 R、G、B 的三个滑块，分别调整 R、G、B 颜色。

④ 精确设定颜色：在 R、G、B 的三个文本框内输入相应的数据（0～255）来精确设定颜色。

⑤ 双击"前景色"或"背景色"色块，调出"拾色器"对话框，按照上述方法进行颜色的设置。

⑥ 选择接近的打印色：如果图像需要打印，且出现"打印溢出标记"按钮，则需再单击"最接近的可打印色"按钮。

⑦ "颜色"调板菜单的使用：单击"颜色"调板右上角的菜单按钮 ⊙，将调出"颜色"调板的菜单，如图 2-44 所示。再选择菜单命令，即可执行相应的操作。例如，单击"CMYK"菜单命令，可使"颜色"调板变为 CMYK 模式下的"颜色"调板。如图 2-45 所示。

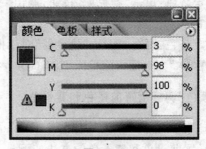

图 2-44　　　　　　　　　　　　　　　图 2-45

4．使用"色板"调板设置前景色

在图 2-45 所示的"颜色"调板中，单击"色板"标签，可以看到"色板"调板，如图 2-46 所示。

① 设置前景色：将鼠标指针移到"色板"调板内的色块上，此时鼠标指针变为吸管状，稍停片刻，即会显示出该色块的颜色名称。单击色块，即可将前景色设置为该色块的颜色。

② 创建新色块：如果"色板"调板内没有与当前前景色颜色一样的色块，可单击"创建前景色的新色板"按钮，可在调板内色块的最后创建一个与前景色颜色一样的色块。

③ 删除原有色块：单击选中一个要删除的色块，不要松开鼠标左键，将它拖曳到"删除色块"按钮上，即可删除该色块。

④ "色板"调板菜单的使用：单击"色板"调板右上角的"调板菜单"按钮，调出"色板"调板的菜单，如图 2－47 所示。（图 2－47 为部分该菜单）。再选择菜单命令，即可执行相应的操作。主要是更换色板、改变色板的显示方式、存储色板等。

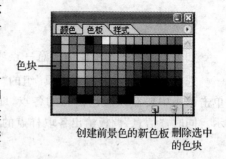

创建前景色的新色板　删除选中的色块

图 2－46

图 2－47

5. 使用"吸管工具"设置前景色和背景色

单击按下工具箱内的"吸管工具"按钮，再将鼠标指针移到画布窗口内部，单击画布中任一处，即可将单击处的颜色设置为前景色。

按住 Alt 键，用吸管工具单击画布中任一处，可将单击处的颜色设置为背景色。

吸管工具的选项栏如图 2－48 所示。选择"取样大小"下拉列表框内的选项，可以改变吸管工具取样点的大小。

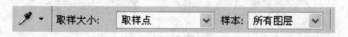

图 2－48

6. 获取多个点的颜色信息

如果想了解一副图像中任意一点或几个点的颜色信息,可以使用"颜色取样器工具" .

选择工具箱内的"吸管工具"组的"颜色取样器工具" ,将鼠标指针移到画布窗口内部,单击画布中要获取颜色信息的各点,即可在这些点处产生带数值序号的标记,如图 2－49 所示。同时,"信息"调板给出各取样点的颜色信息,如图 2－50 所示。

图 2－49

图 2－50

使用"颜色取样器"在同一幅图像中最多只能同时获取 4 个点的颜色信息。在使用颜色取样器取样过程中可以用鼠标拖动来改变取样点的位置。若要删除取样点的颜色信息标记,可将鼠标指针移到该标记上,单击鼠标右键,调出其快捷菜单,选择"删除"命令即可。也可以用鼠标将其直接拖出画布外。

"颜色取样器"工具的选项栏如图 2－51 所示。在"取样大小"下拉列表框内选择取样点的大小。单击该选项栏内的"清除"按钮,可将所有取样点的颜色信息标记删除。

图 2－51

2.3.2　定义填充图案

创建新的填充图案的方法如下

（1）定义整幅图像为图案

① 打开一幅较小的图像，如果图像较大，可单击"图像"→"图像大小"菜单命令，调出"图像大小"对话框，将图像大小设置得较小。

② 单击"编辑"→"定义图案"菜单命令，调出"图案名称"对话框，如图 2-52 所示。在该对话框中输入图案名称，单击"确定"即可将图像定义为新图案。

图 2-52

（2）定义图像的一部分为图案

① 打开一幅图像，选择"矩形选框"工具，将要定义为图案的部分创建成一个矩形选区。

② 单击"编辑"→"定义图案"菜单命令，调出"图案名称"对话框，在该对话框中输入图案名称，单击"确定"即可将图像的一部分定义为新图案。

2.4　填充图像和描边图像

2.4.1　填充单色或图案

1. 用前景色或背景色填充图像或选区

① 用前景色填充：按 Alt＋Del 键或 Alt＋Backspace 键，可用前景色填充图像或选区。

② 用背景色填充：Ctrl＋Del 键或 Ctrl＋ Backspace 键可用背景色填充图像或选区。

2. 使用油漆桶工具给图像或选区填充单色或图案

使用油漆桶工具可以给图像或选区内颜色容差在设置范围内的区域填充颜色或图案。

在选定前景色或图案后，只要单击图像或选区内要填充颜色或图案处，即可给单击处及与该处颜色容差在设置范围内的区域填充颜色或图案。

单击按下工具箱内的"油漆桶"工具按钮,(油漆桶工具与渐变工具一组)此时的选项栏如图 2－53 所示。部分选项的作用如下。

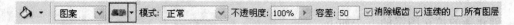

图 2－53

①"填充"下拉列表框:用来选择填充的方式。它有两个选项:若选择"前景"将用前景色填充;若选择"图案",将用选定的图案填充,此时的"图案"下拉列表框变为有效。

②"图案"下拉列表框:单击该下拉列表框的黑色按钮,可调出一个"图案样式"面板,利用该面板可以选择填充的图案,也可以载入、删除、新建图案等。

③"模式"下拉列表框:用以选择填充的颜色或图案与原图中被填充所覆盖的区域的混合方式。不同的模式有不同的特殊效果。

④"容差"文本框:它与"魔棒"工具选项栏中的"容差"文本框的作用基本一样。其数值决定了填充色的范围,其值越大,填充的范围也越大。

⑤"连续的"复选框:若选中该复选框,则只给与单击处相邻且颜色在容差范围内的区域填充颜色或图案;否则,在颜色容差范围内的所有像素都将被填充上颜色或图案。

⑥"所有图层"复选框:选中"用于所有图层",填充操作对所有可见图层有效,即给所有图层中在颜色容差范围内的区域填充颜色或图案。否则,操作只对当前图层有效。

若图像中创建了选区,则所有操作只在选区内有效。图 2－54 为创建了一矩形选区的原图,按照图进行设置,填充图案后的效果如图 2－55 所示。

图 2－54　　　　　　　　　　　　　　　图 2－55

3. 使用"填充"菜单命令给图像或选区填充单色或图案

单击"编辑"→"填充"菜单命令,可以调出"填充"对话框,如图 2－56 所示。利用该对话框也可以给图像或选区填充颜色或图案。对话框中的"模式"下拉列表框和"不透明度"文本框与油漆桶工具选项栏内的"模式"下拉列表框和"不透明度"文本框的作用一样。

　　单击"填充"对话框内"使用"下拉列表框的黑色箭头按钮,可调出使用颜色类型的选项,如图 2－57 所示。如果选择"图案"选项,则"填充"对话框内的"自定图案"列表框会变为有效,它的作用与油漆桶工具选项栏内的"图案"列表框的作用一样。

图 2－56

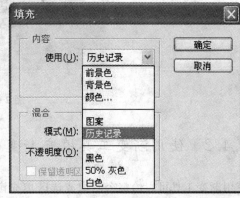

图 2－57

4. 使用"贴入"菜单命令填充选区

　　① 打开一幅图像,将要复制的区域创建成一个选区。单击"编辑"→"拷贝"菜单命令,或按快捷键 Ctrl＋C,将选区中的图像复制到剪贴板中。

　　② 打开要贴入的图像,创建一个选区。单击"编辑"→"贴入"菜单命令,或按快捷键 Shift＋Ctrl＋V,即可将剪贴板中的图像粘贴到该选区中。

　　例如:将图 2－58 所示的花选中,再复制到剪贴板中。然后在图 2－59 中创建一个圆形选区,并羽化 10 个像素,再执行"编辑"→"贴入"命令,即可将剪贴板中的图像粘贴到该选区,效果如图 2－60 所示。

图 2－58

图 2－59

图 2 - 60

2.4.2　使用渐变工具填充渐变色

使用渐变工具可以给整个图像或选区填充渐变颜色。选择渐变工具后,选项栏如图 2 - 61所示。各选项作用如下。

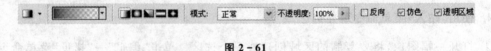

图 2 - 61

(1)"渐变方式"按钮组

渐变方式共有 5 种,不同的渐变方式可以表现出不同的渐变效果。

"线性渐变"：可以产生起点到终点的直线形渐变。

"径向渐变"：可以产生以鼠标光标起点为圆心、鼠标拖曳的距离为半径的圆形渐变效果。

"角度渐变"：可以产生以鼠标光标起点为中心、自光标拖曳的方向起旋转一周的锥形渐变效果。

"对称渐变"：可以产生以拖动点为中心,呈两边对称的渐变效果。

"菱形渐变"：可以产生以鼠标光标起点为中心、鼠标拖曳的距离为半径的菱形渐变效果。

(2)"反向"

勾选"反向"复选框,可以颠倒颜色渐变顺序。

(3)"仿色"

勾选"仿色"复选框,可以使渐变颜色间的过渡更加柔和。

(4)"透明区域"

勾选"透明区域"选项,"渐变编辑器"对话框中的"不透明度"才会生效,若不勾选此选项,图片中的透明区域显示为前景色。

（5）"渐变样式"列表框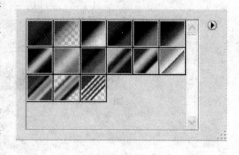

单击"渐变样式"列表框的黑色箭头按钮,可调出如图 2-62 所示"渐变"拾色器。在"渐变"拾色器对话框中显示的是渐变效果的缩略图,在其中点击所需的渐变选项即可将渐变选中。在选择不同的前景色和背景色后,"渐变"拾色器对话框中显示的渐变颜色种类会稍不一样。

用鼠标点击渐变颜色部分可打开如图 2-63 所示的"渐变编辑器"对话框。使用此对话框可以编辑渐变颜色,设计新的渐变样式。

① "预设":"预设"显示的是渐变效果缩略图,用鼠标单击即可将渐变选项选中,同时下方也将显示出该渐变的参数设置。如果"预设"栏中的几种渐变类型不能满足我们的需求,还可以点击右上方的按钮 ,从弹出的对话框中加载渐变选项。

图 2-62

在"预设"区内的任一渐变缩略图上单击鼠标右键,将弹出如图 2-64 所示快捷菜单,利用这个快捷菜单可以快速方便地执行一些操作,其各选项的含义如下:"新建渐变":单击该选项可以将当前渐变色保存到这个渐变色组中;"重命名渐变":单击该选项可以为当前的渐变类型重新命名;"删除渐变":单击该选项可以快速地将当前的渐变类型删除。

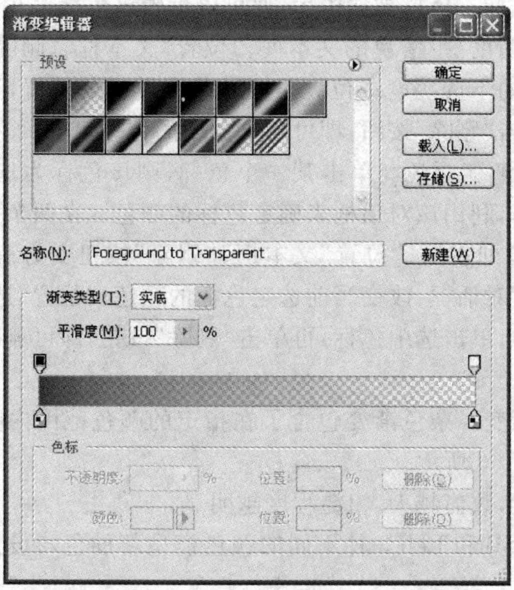

图 2-63

图 2-64

②"名称"：此项可以显示当前所选渐变类型的名称。

③"渐变类型"：此选项中包括"实底"和"杂色"两个子选项，选择不同的选项，参数设置和表现效果也不一样，下面分别对这两个选项进行介绍。

选择"实底"选项，可以对均匀渐变的过渡色进行设置，其"渐变控制条"及参数如图2－65所示。

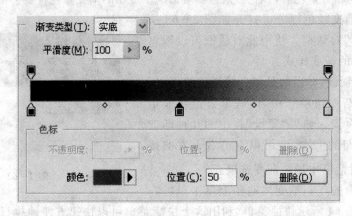

图 2－65

"平滑度"：用来调节渐变的光滑程度。

"渐变控制条"上方的色标控制渐变的不透明度，白色代表完全透明，黑色代表完全不透明。单击某一个色标，则该色标为选中色标。色标被选中后，便可以编辑该色标。在两个色标之间单击可以添加一个色标，同时"不透明度"带滑块的文本框、"位置"文本框、"删除"按钮变为有效。"不透明度"选项可设置该色标的不透明度；"位置"选项：改变色标的位置，这与用鼠标拖曳的作用一样；单击选中色标，再单击"删除"按钮，即可删除选中的色标。

"渐变控制条"下方的色标可以编辑渐变颜色。单击某一个色标，则该色标为选中色标。如果双击色标，将会调出"拾色器"对话框，利用该对话框来确定色标的颜色。在两个色标之间单击可以添加一个色标，同时"颜色"下拉列表框、"位置"文本框、"删除"按钮变为有效。"颜色"选项：单击颜色块，便可弹出"拾色器"对话框，改变当前选定色标的颜色；"位置"选项：改变色标的位置，这与用鼠标拖曳的作用一样；单击选中色标，再单击"删除"按钮，即可删除选中的色标。

选择"杂色"选项时，可以建立杂色渐变。杂色渐变包含了在指定的颜色范围内随机分布的颜色。其"渐变控制条"及参数如图2－66所示。

"粗糙度"：可以控制颜色的粗糙程度，数值越大，粗糙程度越明显。

"颜色模型"：此项可以提供 RGB、HSB 和 Lab 3 种不同的颜色模型帮助色彩设定。拖动滑块可以调整渐变的颜色。

"选项"区域："限制颜色"复选框：勾选此项可以降低颜色的饱和度。"增加透明度"复选框：

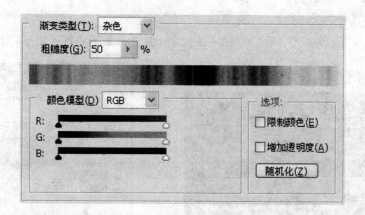

图 2 - 66

勾选此项可以增加颜色的透明度。"随机化"按钮:点击此按钮,系统将随机设置渐变的颜色。

④ "载入"按钮:单击此按钮可以向对话框中加载其他的渐变颜色。

⑤ "存储"按钮:单击此按钮可以把对话框中的所有渐变颜色保存起来。

⑥ "新建"按钮:单击此按钮可以将当前编辑的渐变颜色添加到预置窗口的最后面。

设置好各选项后,用鼠标在画布中拖曳即可产生渐变效果。

2.5　实例——几种几何体的制作

1. 制作球体

球体的受光如图 2 - 67 所示。利用 Phoshop CS4 制作球体步骤如下。

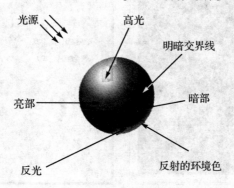

图 2 - 67

① 新建一个画布,单击"渐变"工具,调出"渐变编辑器",设置渐变色(颜色根据个人喜

好），为画布添加背景渐变，如图 2－68 所示。

② 单击"图层"调板中的"创建新图层"按钮 ，创建一个新的普通图层，如图 2－69 所示。

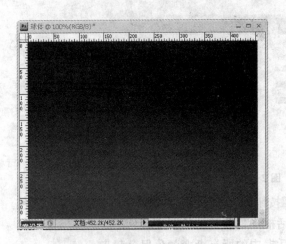

图 2－68

图 2－69

③ 选择"椭圆选框"工具，按住 Shift 键，在画布中拖曳出一个正圆形选区。如图 2－70 所示。

④ 选择渐变工具，调出"渐变编辑器"，按照立体规律来设置渐变色，如图 2－71 所示。

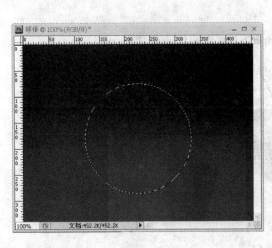

图 2－70

图 2－71

⑤ 在渐变工具选项栏中选择渐变方式为径向渐变 。然后在图层 1 的选区中，

用鼠标由圆的高光部位斜向下方拖曳出渐变,效果如图 2-72 所示。反复调整渐变颜色及拖曳的起点和终点,重复多做几遍,使其达到较好效果。

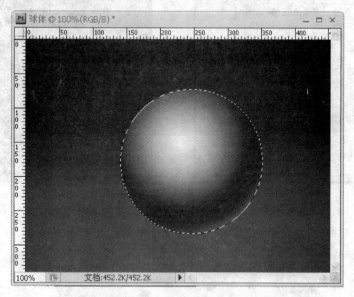

图 2-72

2. 制作圆柱体

圆柱的立体关系如图 2-73 所示。利用 Photoshop CS4 制作圆柱体具体步骤如下。

图 2-73

① 制作圆柱体可以就在制作球体的画布上继续操作。在图层调板上将刚刚制作的球体层隐藏,新建一个圆柱图层,此时的图层面板如图 2-74 所示。

② 回到工具箱,选择矩形选框工具,在新层上创建一个长方形选区,如图 2-75 所示。

图 2-74　　　　　　　　　　　　　图 2-75

③ 选择渐变工具,调出"渐变编辑器",设置渐变色如图 2-76 所示。

图 2-76

④ 以选区的左边框为起点,右边框为终点,从左至右拖曳鼠标,效果如图 2-77 所示。可反复调整渐变色,多拖曳几次以达到较好效果。然后取消选区。

⑤ 如图 2-78 所示,在圆柱的上部创建一个椭圆选区。

图 2-77　　　　　　　　　　　　图 2-78

⑥ 选中渐变工具,保持刚才的设置不变,在椭圆选区中进行反向渐变,将形成一个空心的效果,如图 2 - 79 所示。

⑦ 不要取消选区,按向下方向键将选区向下移动到适当位置,如图 2 - 80 所示。

 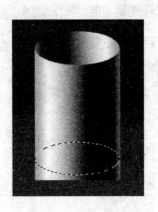

图 2 - 79   图 2 - 80

⑧ 选择矩形选框工具,按住 Shift 键,按如图 2 - 81 所示进行加选。

⑨ 执行反选操作,然后按 Delete 键,删除不需要的部分,完成空心圆柱体的制作。效果如图 2 - 82 所示。

⑩ 若想制作实心的圆柱体,则在第⑤步创建了椭圆选区后,不填充渐变,而选择一种灰色,将椭圆选区进行颜色填充,效果如图 2 - 83 所示。其余步骤按上述操作即可。

图 2 - 81   图 2 - 82   图 2 - 83

3. 圆锥体的制作

利用 Photoshop CS4 制作圆锥体步骤具体如下。

① 隐藏圆柱图层,新建一个名称为圆锥的图层,此时的图层面板如图 2 - 84 所示。

② 按照制作圆柱体的方法，得到如图 2－77 所示的效果。

③ 执行"编辑"→"变换"→"透视"，效果如图 2－85 所示。

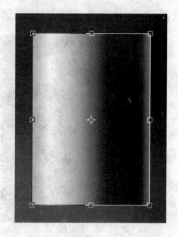

图 2－84　　　　　　　　　　　　　　图 2－85

④ 单击右上方小方块，将其平移到中心，使左右两个方块在中心重叠，如图 2－86 所示。

⑤ 在圆锥形的下方创建一个椭圆选区，如图 2－87 所示。

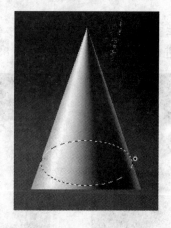

图 2－86　　　　　　　　　　　　　　图 2－87

⑥ 选择矩形选框工具，按 Shift 键进行加选，如图 2－88 所示。

⑦ 执行菜单命令"选择"→"反向"，然后按 Delete 键删除多余的部分，取消选区后得到如图 2－89 所示效果。

图 2 - 88　　　　　　　　　　　　图 2 - 89

第 3 章 绘制与处理图像

3.1 编辑图像和裁切图像

3.1.1 图像的移动、复制和删除

1. 移动图像

使用移动工具 ![工具图标] 可以将选区或图层移动到图像中的新位置。在"信息"调板打开的情况下,还可以跟踪移动的确切距离。单击工具箱内的移动工具按钮,鼠标指针变成带剪刀的黑箭头状,然后用鼠标拖曳选区内的图像,即可移动选区内的图像,如图 3-1 所示。还可以将选区内的图像移到其他画布窗口内,图 3-2 所示。

图 3-1

图 3-2

移动工具的选项栏如图 3-3 所示。

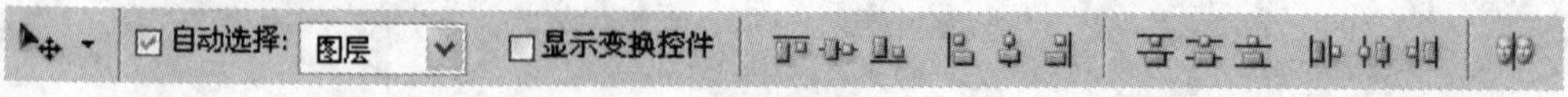

![移动工具选项栏]

图 3-3

各选项作用如下：

"自动选择"复选框：选中"自动选择"后，使用移动工具点击图像可自动地选择点击处所在的图层或图层组。

"显示变换控件"复选框：选中该复选框，可在对图像执行变换时显示变换的控件。

"对齐分布"按钮：可对选中的对象进行对齐和分布。

2. 复制图像

复制图像与移动图像的操作基本相同，只是在用鼠标拖曳选区内图像，同时按下 Alt 键，此时鼠标指针变为重叠的黑白双箭头。复制后的图像如图 3-4 所示。

3. 删除图像

将要删除的图像用选区围住，直接按下 Delete 键或 Backspace 键，即可将选区内的图像删除。也可以使用菜单命令删除图像：选择"编辑"→"清除"菜单命令或"编辑"→"剪切"菜单命令，可将选区内的图像删除。删除图像后，原选区将显示背景色，如图 3-5。

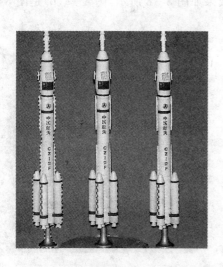

图 3-4

图 3-5

3.1.2　图像的变换

1. 旋转整幅图像

执行菜单栏中的"图像"→"图像旋转"命令，系统将弹出如图 3-6 所示的"旋转画布"子菜单。

● 选取"180 度"命令,可以将当前画面进行 180°旋转。

● 选取"90 度(顺时针)"命令,可以将当前画面按顺时针旋转 90°。

● 选取"90 度(逆时针)"命令,可以将当前画面按逆时针旋转 90°。

● 选取"任意角度"命令,系统将弹出"旋转画布"角度参数设置面板,如图 3-7 所示。在此面板中可以设置画布要旋转的角度及旋转的取向。

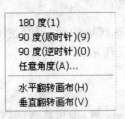

图 3-6　　　　　　　　　　　　　　　　　图 3-7

● 选取"水平翻转画布"命令,可以将当前画面水平进行翻转。选取"垂直翻转画布"命令,可以将当前画面垂直进行翻转。水平翻转效果如图 3-8 所示,图 3-8(b)是图 3-8(a)图水平翻转后的效果图。

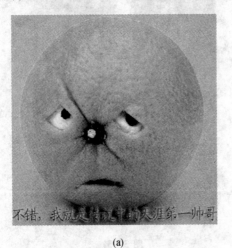

(a)　　　　　　　　　　　　　　　　　(b)

图 3-8

2. 变换选区内的图像

变换选区内的图像可使用菜单栏中的"编辑"→"变换"命令。单击"编辑"→"变换"将弹出如图 3-9 所示的子菜单。可以根据不同的需要选择不同的选项,对图像进行变换调整。

（1）"缩放"命令

选取菜单栏中的"编辑"→"变换"→"缩放"菜单命令，在选区四周会显示一个矩形框、8 个控制点和中心标记✥。将鼠标指针放置在矩形框的任意控制点上，鼠标指针变为直线的双向箭头状，按下鼠标左键进行拖曳，即可对图像进行大小调整。例如图 3-10 为原图，图 3-11 为对选区内图像进行缩放后的效果。

按住键盘中的 Shift 键，将鼠标光标放置到变形框的任意一角控制点上，按下鼠标左键进行拖曳，可以按照图像的宽度和高度等比例进行缩放调整。

按住键盘中的 Shift＋Alt 键，将鼠标光标放置到变形框的任意一角控制点上，按下鼠标左键进行拖曳，可以将图像从中心按照宽度和高度等比例进行缩放调整。

再次(A)	Shift+Ctrl+T
缩放(S)	
旋转(R)	
斜切(K)	
扭曲(D)	
透视(P)	
变形(W)	
旋转 180 度(1)	
旋转 90 度(顺时针)(9)	
旋转 90 度(逆时针)(0)	
水平翻转(H)	
垂直翻转(V)	

图 3-9

图 3-10

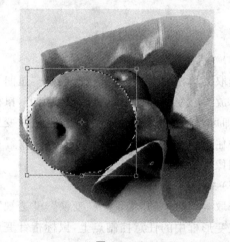

图 3-11

（2）"旋转"命令

选取菜单栏中的"编辑"→"变换"→"旋转"菜单命令为当前选择区添加旋转变形框。将鼠标指针移动到矩形框周围任意位置处，鼠标指针变成弧线的双向箭头，按下鼠标左键进行拖曳，即可对选区内的图像进行旋转调整。图 3-12 是旋转选区内图像后的效果。

将鼠标指针移到矩形选框中间的中心点标记✥处，拖曳鼠标，可将中心标记移动，改变旋转的中心位置。

按住键盘中的 Shift 键，可以将图像以每次旋转 15°进行旋转。

（3）"斜切"命令

选取菜单栏中"编辑"→"变换"→"斜切"菜单命令为当前选择区添加斜切变形框。将鼠标指针放置在矩形框四边的控制点上,鼠标指针变为直线的双向箭头状,按下鼠标左键进行拖曳,即可使选区内的图像呈斜切效果,如图 3 - 13 所示。

图 3 - 12   图 3 - 13

(4)"扭曲"命令

选取菜单栏中的"编辑"→"变换"→"扭曲"菜单命令为当前选择区添加扭曲变形框。将鼠标光标放置在变形框四角的任意控制点上,鼠标指针会变为灰色单箭头状,按下鼠标左键进行拖曳,即可对选区内的图像进行任意地扭曲变形,如图 3 - 14 所示。

按住键盘中的 Shift 键,将鼠标光标放置在任意的控制点上,按下鼠标左键进行拖曳,可以将图像进行斜切。

(5)"透视"命令

选取菜单栏中的"编辑"→"变换"→"透视"菜单命令为选区添加透视变形框。将鼠标光标放置在变形框中的任意控制点上,鼠标指针变成灰色单箭头状,按下鼠标左键进行拖曳,即可对选区内图像进行水平或垂直方向上的对称变形,从而产生图像的透视效果,如图 3 - 15 所示。

(6)"旋转 180 度"、"旋转 90 度(顺时针)"和"旋转 90 度(逆时针)"菜单命令

使用"编辑"→"变换"→"旋转 180 度"、"编辑"→"变换"→"旋转 90 度(顺时针)"和"编辑"→"变换"→"旋转 90 度(逆时针)"命令对图像所产生的效果,都可以直接使用"编辑"→"变换"→"旋转"命令来完成,但是使用这 3 种命令在速度方面要比旋转命令快得多。

(7)"水平翻转"和"垂直翻转"菜单命令

使用"编辑"→"变换"→"水平翻转"命令可以使选区内图像水平翻转,使用"编辑"→"变换"→"垂直翻转"命令可以使选区内图像垂直翻转。

 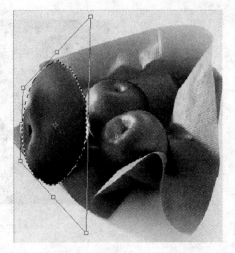

图 3-14   图 3-15

（8）"再次"命令

在变形菜单中还有一个"再次"命令,当利用变形框对图像进行变形后,此命令才可以使用。执行此命令相当于再次执行刚才的变形操作。

3. 自由变换

"自由变换"命令是图像处理过程中常会用到的命令。选取菜单栏中的"编辑"→"自由变换"菜单命令,快捷键为 Ctrl+T。在选区四周或整个图层四周会显示一个矩形框、8 个控制点和中心标记 ✛,如图 3-16 所示。此时用鼠标右键单击弹出图 3-17 所示的快捷菜单,用左键单击各命令即可做相应的变换。图 3-18 是经过自由变换后的一种效果。

图 3-16   图 3-17

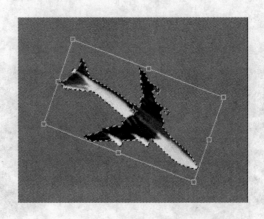

图 3－18

3.1.3　图像的裁切和修整

1. 裁切图像

裁切是移去部分图像以形成突出或加强构图效果的过程。可以使用裁切工具和"裁切"命令裁切图像，还可以使用"修整"命令裁减像素。

① 基本使用方法：选择工具箱中的裁切工具 ，此时鼠标指针变为 ，按下鼠标左键在图像上拖曳出一个矩形裁切框，框内有中心标记 ，周围有 8 个控制点。矩形内的区域是要保留的图像，如图 3－19 所示。双击矩形裁切区域内部、直接按回车键、单击工具选项栏中的"√"或在裁切区域中右击选"裁切"命令都可以完成图像的裁切。如果旋转后的矩形超过图像范围，可用背景色填补画布，如图 3－20 所示。

② 使用裁切工具在图像上拖曳出一个矩形区域后，还可以对该矩形区域进行调整。

● 将鼠标指针放在内部，单击鼠标左键进行拖曳，可在保持矩形区域大小不变的情况下移动区域。

● 将鼠标指针放置在矩形裁切框的任意一个控制点上，鼠标指针变为直线的双向箭头状，按下鼠标左键进行拖曳，即可对裁切框进行大小调整。

● 将鼠标指针移动到矩形裁切框周围任意位置处，鼠标指针变成弧线的双向箭头，按下鼠标左键进行拖曳，即可对裁切框进行旋转调整。

调整好裁切框后，按下回车键即可完成图像的裁切。

图 3 - 19   图 3 - 20

③ 单击按下"裁切工具"按钮后,其选项栏如图 3 - 21 所示。用鼠标拖曳出一个矩形裁切框后,其选项栏如图 3 - 22 所示。

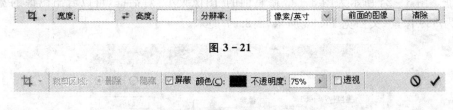

图 3 - 21

图 3 - 22

两个选项栏中各选项的作用如下:

● "宽度"和"高度"文本框:用来精确确定矩形裁切框的宽度和高度。当这两个文本框内无数据时,拖曳鼠标可获得任意宽度和高度的矩形区域。

● "分辨率"文本框:用来设置裁切后图像的分辨率,分辨率的单位可以通过其右边的下拉列表框来选择。

● "前面图像"按钮:单击该按钮,"宽度"、"高度"和"分辨率"都将按照当前图像的尺寸等数据给出。

● "清除"按钮:单击该按钮,"宽度"、"高度"和"分辨率"文本框内的数据将被清除。

● "屏蔽"复选框:单击它后,会在矩形裁切区域外的图像上形成一个遮蔽层。

● "颜色"块:用来设置遮蔽层的颜色。

● "不透明度":用来设置遮蔽层的不透明度。

● "透视"复选框:选中它后,可以随意调整裁切区域的 4 个顶点。

- ● ✔按钮:单击它后,即可完成图像裁切。
- ● ⊘按钮:单击它后,取消裁切区域,不进行裁切。按 Esc 键也有相同的效果。

2. 修整图像

一幅图像的内容部分如果没有占满整个画布空间,则会因为没有内容的部分仍占用空间,

图 3 - 23

造成图像文件过大,如图 3 - 23 所示。由 Photo-shop 状态栏可以看到文档的字节数为 447.9 KB / 447.9 KB。在完整保留图像的情况下,又要减小图像文件的大小,可以通过调整画布大小来完成。方法是单击"图像"→"画布大小"菜单命令,调出"画布大小"对话框,再进行设置。但是这种方法很不方便,一般需要操作多次才能达到满意的效果,而且还非常不精确,所以通常不采用这种方法。

为了比较图像修整前后文档大小和画布大小,可单击"图像→"图像大小"菜单命令,调出"图像大小"对话框。图 3-24 所示为图 3-23 修整前的"图像大小"对话框,可以看出图像的宽为 451 像素,高为 339 像素;文档宽 11.93 厘米,高8.97 厘米。

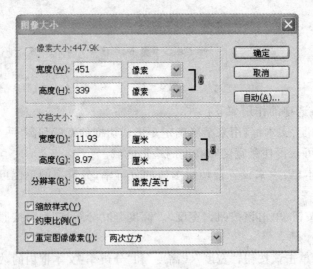

图 3 - 24

对图像进行修整:选中要修整的画布窗口,单击"图像"→"裁切"菜单命令,调出"裁切"对话框,如图 3 - 25 所示。在该对话框中的各选项作用如下。

① "基于"栏:用来确定修整依据的像素或像素颜色。图像中有透明像素时,"透明像素"单选项变得可用。如选择此选项,执行"裁切"命令时将裁切掉图像四周最边缘以外多余的透明像素;选择"左上角像素颜色",将依据左上角像素的颜色进行裁切;"右上角像素颜色"将依据右上角像素的颜色进行裁切。

② "裁切掉"栏:用来确定切掉哪些多余的部分。

单击"确定"修整后的图像如图 3-26 所示。"图像大小"对话框如图 3-27 所示。这时,图像的宽为 216 像素,高为 220 像素;文档宽 5.72 厘米,高 5.82 厘米。文档的大小为 139.2KB / 139.2KB,而且分辨率不变。

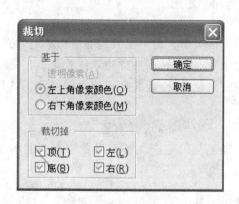

图 3-25

图 3-26

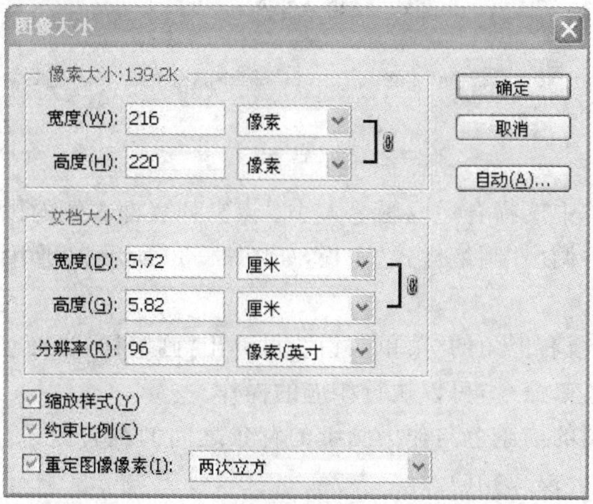

图 3-27

3.2　绘制图像

从 Photoshop 7.0 开始 Adobe 公司就在软件中刻意加强了画笔功能,使 Photoshop 从一个单纯的图像处理软件发展为"图像处理＋图像绘制"类软件,成功地使越来越多的插画家与设计师开始使用 Photoshop 进行绘画工作。

当然画笔功能的增强不仅仅使用户能够使用 Photoshop 进行绘画,还增强了用户对于画面的处理能力,增加了描绘图像的方法,这一点可以从许多艺术家的作品中得到印证。

3.2.1　画笔工具和铅笔工具的基本使用

画笔工具和铅笔工具都可以绘制图像,使用方法类似。画笔工具能够模仿毛笔,绘制边缘柔和的线条,铅笔工具模拟真实的铅笔来进行绘画,产生一种硬性的边缘线效果。在使用绘图工具进行绘制工作时,除了需要选择正确的绘图前景色之外,还必须正确设置画笔工具和铅笔工具选项栏中的选项。

在工具箱中选择画笔工具,工具选项栏如图 3 - 28 所示,选择铅笔工具,选项栏与画笔选项栏类似,如图 3 - 29 所示。通过选项栏可以选择画笔的笔刷类型并设置绘图不透明度及其混合选项。

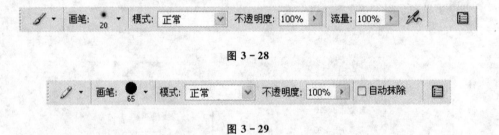

图 3 - 28

图 3 - 29

画笔:在此下拉菜单中选择合适的画笔大小。点击列表框右侧的黑色箭头按钮,或鼠标右键单击画布窗口内部,可调出"画笔样式"面板,如图 3 - 30 所示。利用该面板可以设置画笔的形状、直径和硬度。

单击"画笔样式"面板右上角的"菜单按钮",可调出"画笔样式"面板的菜单,如图 3 - 31 所示,再单击菜单中的子菜单命令,可以执行相应的操作。

模式:设置用于绘图的前景色与作为画纸的背景之间的混合效果。"模式"下拉菜单中的大部分选项与图层的混合模式相同。

不透明度:设置绘图颜色的不透明度,数值越大则绘制的效果越明显,反之越不清晰。

在英文输入状态下,按键盘上的数字键可快速改变画笔的透明度,1 代表 10％不透明度,0

代表100％不透明度。

流量：设置拖动光标一次得到图像的清晰度，数值越小，越不清晰。

喷枪：单击此图标，将画笔工具设置为喷枪工具，在此状态下得到的笔划边缘更柔和，如果在图像中单击鼠标不放，前景色将在此淤积，直至释放鼠标。

铅笔工具的选项栏中有一项"自动抹掉"功能：勾选此复选框，铅笔工具会根据落笔点的颜色来变化绘制的颜色。变化的规律是：如果落笔点的颜色为工具箱上的前景色颜色，那么铅笔工具将以工具箱上的背景颜色进行绘制；如果落笔点的颜色为工具箱上的背景颜色，那么铅笔工具将以工具箱上的前景颜色进行绘制。若不勾选此复选框，"铅笔工具"和"画笔工具"的用法一样。

选项设置完成后，用鼠标在画布上拖曳，即可按鼠标轨迹绘制出线条。

绘制直线：用鼠标在画布上单击形成一个起点，再按住 Shift 键，然后在另一点处单击，即可绘制直线。进而可以绘制折线或多边形。如图 3-32 所示。

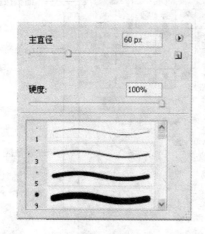

图 3-30

图 3-32

图 3-31

绘制水平或垂直直线：用鼠标在画布上单击形成一个起点，不松开鼠标按键，再按住 Shift 键，然后拖曳鼠标，可以绘制水平或垂直直线。

如果已创建了选区，则只可以在选区内绘制图像。

按住 Alt 键，可以切换为吸管工具；按住 Ctrl 键可以切换为移动工具。

3.2.2　画笔调板

使用 Photoshop 之所以能够绘制出丰富、逼真的图像效果，很大原因在于其具有功能强大的"画笔"面板，从而使绘画者能够通过调节画笔的参数，获得丰富的画笔效果。选择"窗口"→"画笔"命令或按 F5 键或单击选项栏右边的"切换画笔调板"按钮 ▦，均可弹出如图 3-33 所示的"画笔"面板。

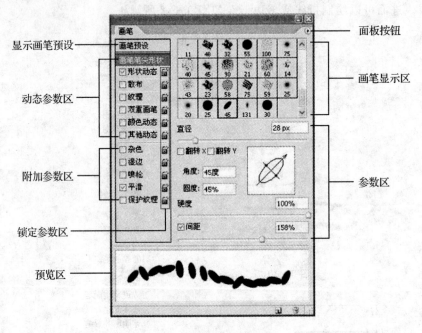

图 3-33

"画笔"面板中各区域的作用如下。

单击"画笔预设"选项，可以在面板右侧的"画笔形状列表框"中选择所需要的画笔形状。

动态参数区：在该区域中列出了可以设置动态参数的选项，其中包含画笔笔尖形状、动态形状、散布、纹理、双重画笔、动态颜色和其他动态 7 个选项。

附加参数区：在该区域中列出了一些选项，选择它们可以为画笔增加杂色及湿边等效果。

锁定参数区:在该区域中单击锁形图标 🔓 使其变为 🔒 状态,就可以将该动态参数所进行的设置锁定起来,再次单击即可解锁。

预览区:在该区域可以看到根据当前的画笔属性而生成的预览图。

画笔显示区:该区域是仅在选择"画笔笔尖形状"选项时才会出现的,在该区域中可以选择要用于绘图的画笔类型。

参数区:该区域中列出了与当前所选画笔对应的动态参数,在选择不同的选项时,该区域多列的参数也不相同。

"创建新画笔"按钮 📄:单击该按钮,在弹出的对话框中单击"好"按钮,可以将当前选择的画笔定义为一个新画笔。

"删除画笔"按钮 🗑:在选择"画笔预设"选项的情况下,选择了一个画笔类型后,该按钮就会被激活,单击该按钮后在弹出的对话框中单击"好"按钮即可将该画笔类型删除。

单击"画笔"面板右上角的三角按钮,弹出"画笔"面板下拉菜单。如图 3-34 所示。此菜单与图 3-31"画笔样式"面板下拉菜单类似。在下拉菜单中可以执行清除画笔控制、复位锁定设置、改变画笔样式的显示方式、执行复位画笔、载入画笔、存储画笔、替换画笔等操作。

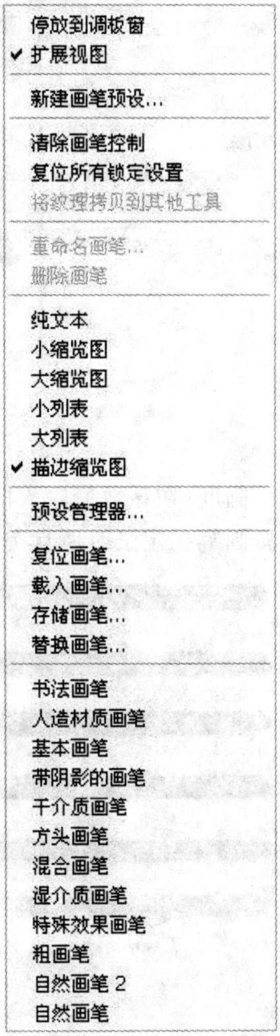

(1) 画笔预设下面详细讲解各个参数的作用。

选择"画笔预设"选项后,画笔面板将变为如图 3-35 所示的状态。这里相当于是所有画笔的一个控制台,可以利用"描边缩览图"显示方式方便地观看画笔描边效果,右键单击任一画笔可执行重命名、删除操作。拖动画笔列表下面的"主直径"滑块可以调节画笔直径。

(2) 画笔笔尖形状

选择"画笔笔尖形状"选项后,用户可以对画笔基本属性如"直径"、"角度"及"圆度"进行设置,其中的重要参数解释如下。

直径:在该数值输入框中输入数值或调节滑块,可以设置笔刷大小,数值越大,笔刷的直径越大。

翻转 X:勾选该选项后,画笔方向将做水平翻转。

翻转 Y:勾选该选项后,画笔方向将做垂直翻转。

角度:对于圆形画笔,在"圆度"小于 100% 时,在该数值输入框中直接输入数值,则可以设置笔刷旋转的角度。对于非圆形画笔,在该数值输入框中直接输入数值,则可以设置画笔旋转的

图 3-34

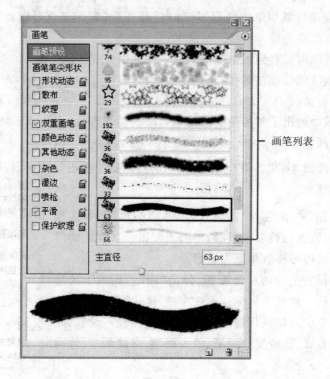

图 3 - 35

角度。

圆度：在该数值输入框中输入数值，可以设置笔刷的圆度，数值越大笔刷越趋向于正圆，或设置画笔在定义时所具有的比例。

图 3 - 36

硬度：在该数值输入框中输入数值或拖动滑块，可以设置笔刷边缘的硬度。数值越大，笔刷的边缘越清晰；反之越柔和。图 3 - 36 所示为设置不同的"硬度"数值时的绘画效果。

间距：在该数值输入框中输入数值或调节滑块，可以设置绘图时组成线段的两点间的距离，数值越大，间距越大。

（3）形状动态

选择该选项后，可以在画笔面板中控制"大小抖动"、"角度抖动"以及"圆度抖动"，并为这些抖动参数选择相应的方式，其中的重要参数解释如下。

大小抖动：此参数控制画笔在绘制过程中尺寸的波动幅度，百分数越大，波动的幅度越大。

未设置"大小抖动"参数时,画笔绘制的每一个对象大小相等。

控制:在该下拉菜单中包括关、渐隐、钢笔压力、钢笔斜度以及光笔轮、旋转 6 个选项,它们可以控制画笔波动的方式,图 3-37 所示为在保持"大小抖动"为 70%且选择"渐隐"选项情况下,在后面的数值输入框中输入 30 时得到的绘画效果。该数值表示渐隐的步骤。数值越小,渐隐的步骤越少。

由于钢笔压力、钢笔斜度、光笔轮及旋转 4 种方式都需要有压感笔的支持,如果没有安装此硬件,在"控制"选项的左侧将显示一个叹号。

最小直径:此数值控制在尺寸发生波动时画笔的最小尺寸。百分数越大,发生波动的范围越小,波动的幅度也会相应变小。

角度抖动:此参数控制画笔在角度上的波动幅度,数值越大波动的幅度也越大,画笔显得越紊乱。未设置"角度抖动"参数时,画笔绘制的每一个对象的旋转角度相同。

"角度抖动"的"控制"下拉列表框与"大小抖动"的"控制"下拉列表框类似,但多了两个选项:"初始方向"和"方向"。

圆度抖动:此参数控制画笔在圆度上的波动幅度。图 3-38 所示为保持其他参数与绘制图 3-37 设置一致的情况下,设置了较大的"圆度抖动"数值得到的效果。

"圆度抖动"的"控制"下拉列表框与"大小抖动"的"控制"下拉列表框相同。

最小圆度:此数值控制画笔在圆度发生波动时,画笔的最小圆度尺寸值。

图 3-37

图 3-38

(4) 散布选项设置

在画笔面板中选择"散布"选项,可以对"散布"、"数量"以及"数量抖动"等参数进行控制,其中重要的参数解释如下。

散布:此参数控制画笔偏离时使用画笔绘制笔划的偏离程度,百分数越大,偏离的程度越大。图 3-39 所示为设置了"散布"时的绘画效果。

两轴:勾选此选项,画笔在 x 及 y 两个轴向上发生分散,如果不勾选此选项,则只在 x 轴

图 3 - 39

向上发生分散。

　　数量:此参数可以控制绘画时画笔的数量。图 3 - 40 所示为保持其他参数不变的情况下,使用较大"数量"数值时得到的绘画效果。

　　数量抖动:此参数控制在绘制中画笔数量的波动幅度。

　　(5) 纹理选项设置

　　在画笔面板中选择"纹理"选项,在此用户能够在画笔面板中选择一种纹理并对这种纹理的"缩放"、"深度"、"最小深度"以及"深度抖动"等参数进行控制,其中重要的参数解释如下。

　　缩放:此参数设置纹理的缩放比例。

　　模式:在此下拉菜单中选择一种纹理与画笔的叠加模式。

　　深度:此参数用于设置所使用纹理时显示的深度,数值越大,纹理效果越明显。如图 3 - 41 所示。

图 3 - 40

图 3 - 41

最小深度:此参数用于设置纹理显示时的最浅浓度,百分数越大纹理显示效果的波动幅度越小。

深度抖动:此参数用于设置纹理显示深度的波动程度,百分数值越大波动的幅度也越大。

"为每个笔尖设置纹理":勾选此项,会对每个画笔笔尖应用选择的纹理,如不勾选此选项,软件将对整个画笔应用统一的纹理。

（6）双重画笔

"双重画笔"选项与"纹理"选项的原理基本相同,只是前者是画笔与画笔之间的混合,而后者是画笔与纹理之间的混合,在画笔面板中选择"双重画笔"选项,可以控制用于叠加画笔的"直径"、"间距"、"散布"以及"数量"等参数,其中的重要参数解释如下。

直径:此选项用于控制叠加画笔的大小。

间距:此选项用于控制叠加画笔的间距。

散布:此选项用于控制叠加画笔偏离绘制线条的距离。

数量:此选项用于控制叠加画笔的数量。

图 3-42 所示为双重画笔绘制效果。

（7）颜色动态

在画笔面板中选择"动态颜色"选项,在此用户可以控制"前景/背景抖动"、"色相抖动"、"饱和度抖动"、"亮度抖动"以及"纯度"等参数,其中的重要参数解释如下。

前景/背景抖动:此参数控制画笔的颜色变化情况。百分数越大画笔的颜色发生随机变化时,越接近背景色,百分数越小画笔的颜色发生随机变化时,越接近前景色。

色相(饱和度、亮度)抖动:此参数用于控制画笔色调的随机效果,百分数越大画笔的色调发生随机变化时,越接近背景色色调(饱和度、亮度),数值越小画笔的色调发生变化时,越接近于前景色色调(饱和度、亮度)。

纯度:此参数控制画笔的纯度,即颜色鲜艳程度。

设置"动态颜色"时注意同时设置前景色和背景色,一般背景色默认为白色,如果不改变背景色,则几种"动态颜色"的设置效果并没有太大区别。图 3-43 所示为设置了颜色动态的效果。

（8）其他动态

在画笔面板中选择"其他动态"选项时,用户可以控制"不透明度抖动"和"流量抖动"等参数,其中的重要参数解释如下。

不透明度抖动:此选项用于控制画笔的随机不透明度效果。图 3-44 所示为设置了"不透明度抖动"后绘制图像背景的效果。

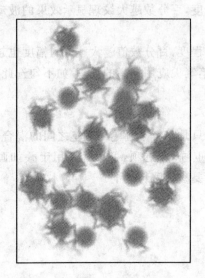

图 3 – 42　　　　　　　　　　　　　　　　图 3 – 43

流量抖动:此选项用于控制用画笔绘制时的消减速度,百分数越大,消褪越明显。

图 3 – 44

（9）附加参数

在该参数区域中,选择适当的选项可以创建出一些特殊的效果,下面分别讲解各个选项的作用。

杂色:勾选该选项时,画笔边缘越柔和,杂色效果就越明显,也就是当画笔"硬度"数值为 0% 时杂色效果最明显,"硬度"数值为 100% 时效果最不明显。

湿边:勾选该选项后,在进行绘图时将沿着画笔的边缘增加油彩量,从而创建出水彩画的效果。

喷枪:勾选该选项后,在与画笔工具选项条上选中喷枪按钮的作用是相同的。

平滑:勾选该选项后,在绘图过程中可以产生较平滑的曲线,尤其在使用压感笔的时候,选择该选项得到的平滑效果更为明显,但需要注意的是,此时可能会出现轻微的滞后现象。

保护纹理:勾选该选项后,将对所有具有纹理的画笔预设应用相同的图案和比例。选择此选项后,在使用多个纹理画笔笔尖绘画时,可以模拟出一致的画布纹理。

3.2.3 创建、删除及重命名画笔

1. 创建画笔

除了用系统内的画笔形状进行绘制,我们还可以自定义图案画笔,以创建更丰富的画笔效果。操作方法非常简单,只要将要定义为画笔的区域选中,可以将任意一个图像定义为画笔。方法如下:打开一幅需要定义为画笔的图像,然后选择"编辑"→"定义画笔预设"命令,在弹出的对话框中输入新画笔的名称,单击"确定"按钮退出对话框即可。按 F5 显示画笔面板就可以看到刚刚定义的画笔。如果要将图像的某一部分定义为画笔,应该使用任意一种选择工具将这一部分选中,再执行上述操作步骤。

Photoshop 在定义画笔时,黑色图案将被定义为画笔,而白色图像则变为透明,如果图像为灰度,则得到的画笔会根据图像的灰度等级而变得具有一定的透明属性。

2. 删除画笔

要删除画笔有很多种方法,可以执行下面的操作之一。

在画笔面板中选择"画笔预设"选项,在右侧的画笔列表中选择要删除的画笔,单击"删除画笔"按钮,在弹出的对话框中单击"确定"按钮即可。

在画笔面板中选择"画笔预设"选项,在右侧的画笔列表中选择要删除的画笔,右键单击选择"删除画笔"命令。

在画笔面板中选择"画笔预设"选项,在右侧的画笔列表中找到要删除的画笔,按住鼠标左键将要删除的画笔拖至"删除画笔"按钮上即可。

单击"画笔样式"面板右上角的"菜单按钮",调出"画笔样式"面板的菜单,再单击菜单中的"删除画笔"子菜单命令即可。

3. 重命名画笔

● 在画笔面板中选择"画笔预设"选项,在右侧的画笔列表中选择要重命名的画笔,右键单击选择"重命名画笔"命令。

● 单击"画笔样式"面板右上角的"菜单按钮",调出"画笔样式"面板的菜单,再单击菜单中的"重命名画笔"子菜单命令即可。

3.2.4 画笔预设控制

以下画笔预设均在"画笔样式"面板或"画笔"面板的菜单中执行。

1. 复位画笔预设

要将当前的画笔恢复至默认的状态,可以单击画笔面板菜单中的"复位画笔"命令,再单击"确定"按钮即可。如果单击"追加"按钮则将默认的画笔预设追加至当前的画笔预设中。

2. 存储及载入画笔预设

通过保存画笔,可以将画笔保存为一个文件,以便于用户共享或保存画笔。在画笔面板菜单中选择"存储画笔"命令,可调出"存储"对话框,在该对话框中输入画笔名称并选择合适的路径后单击"保存"按钮,将其以文件形式保存起来。

Photoshop 中有多种预设的画笔,在默认情况下这些画笔并未调入画笔面板中,要调入这些画笔,可以在面板弹出菜单中的预设画笔区中选择相应的画笔名称,在弹出的对话框中单击"追加"按钮。

3. 替换画笔预设

单击画笔面板弹出菜单中的"替换画笔"命令,选择需要载入的画笔预设,单击"载入"按钮,可以直接用所选的画笔将当前的画笔预设替换掉。

3.2.5 颜色替换工具

从 Photoshop CS2 版本之后画笔工具组增加了颜色替换工具。颜色替换工具是用前景色替换图像中指定的像素。颜色替换工具的选项栏如图 3-45 所示。

图 3-45

颜色替换工具的基本使用方法:选择好前景色后,在图像需要更改颜色的地方涂抹,即可将其替换为前景色。

打开如图 3-46 所示图片,设置颜色替换工具画笔的前景色为蓝色,在人物眼睛部分涂抹,效果如图 3-47 所示。

图 3－46　　　　　　　　　　　　　　　　图 3－47

颜色替换工具选项栏中几个参数的作用如下介绍。

"模式"：用于设置新的颜色和底色之间的混合方式，不同的绘图模式会产生不同的替换效果，常用的模式为"颜色"。

"取样"按钮："取样连续"将在涂抹过程中不断以鼠标所在位置的像素颜色作为基准色，决定被替换的范围；"取样一次"将始终以涂抹开始时的基准像素为准；"取样背景色板"将只替换与背景色相同的像素。这 3 种方式都要参考容差的数值。

"限制"选项："不连续"方式将只替换鼠标所到之处的颜色；"连续"方式替换鼠标邻近区域的颜色；"查找边缘"方式将重点替换位于色彩区域之间的边缘部分。

3.3　矢量工具组用法

矢量工具组也称形状工具组，包括矩形工具、圆角矩形工具、椭圆工具、多边形工具、直线工具和自定义形状工具。使用这些工具可以更加方便地绘制各种图形。因为利用形状工具组中的工具绘制出的图形都是矢量图形，所以同时可以使用其他矢量工具对绘制出的图形进行编辑。

在默认状态下，右击矩形工具，将弹出所有的形状工具，如图3－48所示。

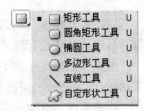

图 3－48

3.3.1　共性介绍

不管选择矢量工具组的哪一个工具，其选项栏的左边 3 个栏的按钮 都是一样的，如

图 3-49 所示。实际上,形状工具组的所有工具在选项栏的第三栏上都有罗列,因此在选项栏中直接单击按钮即可选中所需的形状工具,操作更加方便。下面对第二栏中的 3 个按钮简单介绍。

图 3-49

图 3-50

"形状图层"按钮 ：单击按下此按钮,鼠标拖曳绘制图形后,会自动添加一个形状图层,将在"图层"面板中显示。如图 3-50 所示。每绘制一个图形对象就创建一个图层。绘制后的图形不可再用油漆桶工具填充颜色或图案。

"路径"按钮 ：按下此按钮,进入路径绘制状态。此时,绘制的是路径,类似线条。并不自动创建新的图层。切换到"路径"面板后即可对路径进行填充、描边等操作。

"填充像素"按钮 ：按下此按钮,选项栏变成如图 3-51 所示。在图像中绘制的图形将以前景色填充,而且既不创建新图层,也不创建工作路径。绘制后的图像可由油漆桶工具填充颜色或图案。

图 3-51

选择"填充像素"模式进行绘制,选项栏中有几项内容与"形状图层"和"路径"模式的选项不相同,对这几项进行简单介绍。

"模式":点击此项的下拉按钮,将弹出各种模式选项,选择不同的模式,绘制出的矩形将和下面的图像混合成不同的效果。

"不透明度":此项决定创建图形的透明度,100%为不透明,0%为全透明,取值范围在1%~100%之间。

"消除锯齿":勾选此复选框,可淡化图形的边缘,从而使图形与背景之间过渡平滑。

3.3.2　各种形状工具的使用

1. 矩形工具

矩形工具的主要作用是绘制矩形或正方形图形。其基本使用方法非常简单，点击矩形工具，移动鼠标到窗口内，拖曳鼠标即可创建矩形形状。按住 Shift 键在图像文件中拖拽鼠标可绘制正方形。

矩形工具的选项栏如图 3-52 所示。下面对其选项进行简单介绍。

图 3-52

① 单击选项栏第三栏中的"几何选项"按钮 将弹出如图 3-53 所示"矩形选项"面板，可设置矩形的属性。

"不受约束"：选择此单选项，在图像文件中创建矩形将不受任何限制。

"方形"：选择此单选项，在图像文件中只能绘制正方形图形。

"固定大小"：选择此单选项，可在后面的输入框中输入固定的长宽数值，以后再绘制图形，将严格按照输入的数值进行绘制。

"比例"：选择此单选项，可以在后面的输入框中设置矩形的长宽比例，以后再绘制图形，将严格按照设置的比例进行绘制。

图 3-53

"从中心"：勾选此选项，以后在图像文件中将以图形的中心为起点绘制图形。

"对齐像素"：勾选此选项，矩形的边缘将同像素的边缘对齐，使图形的边缘不会出现锯齿。

② 栏按钮：该栏的 5 个按钮作用如下。

"创建新的形状图层"按钮：单击按下此按钮后，每绘制一个图形时，都将创建一个新的形状图层。新绘制的图形采用的样式不会影响原来图形的样式。如图 3-54 所示。

"添加到形状区域"按钮：该按钮只有在已经创建了一个形状图层后才有效。单击按下它后，绘制的新形状将与原来的形状图像相加成一个新的形状图像，并且不会创建新图层。新绘制的图形采用的样式会影响原来图形的样式，如图 3-55 所示。

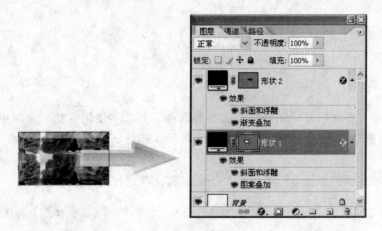

图 3 - 54

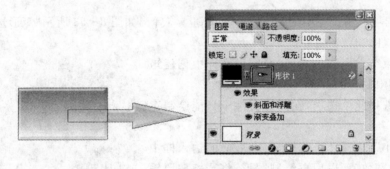

图 3 - 55

在"创建新的形状图层"的状态下,按住 Shift 键,与"添加到形状区域"的作用是一样的。

"从形状区域减去" □按钮:单击按下此按钮后,可使创建的新形状图像与原来形状图像重合的部分减去,得到一个新的形状图像,并且不会创建新的图层。例如绘制一个矩形形状图形后再绘制一个椭圆形状图形,让两个图形重合一部分,得到的新形状图形如图 3 - 56 所示。

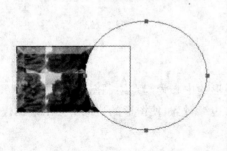

图 3 - 56

在"创建新的形状图层"的状态下,按住 Alt 键,与"从形状区域减去"的作用是一样的。

"交叉形状区域" □按钮:单击按下此按钮,可只保留新图形与原来图形重合的部分。得到一个新的形状图形,并且不会创建新的图层。如图 3 - 57 所示。

在"创建新的形状图层"的状态下,按住 Shift + Alt 键,与"交叉形状区域"的作用是一样的。

"重叠形状区域除外" 按钮：单击按下此按钮后，可清除新图形与原来图形重合的部分，保留不重合的部分，得到一个新的形状图形，并且不会创建新的图层。如图 3－58 所示。

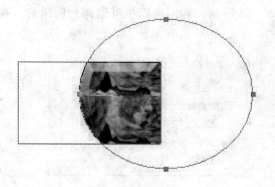

图 3－57

图 3－58

③ "图层样式拾色器"按钮：单击它后，调出"图层样式拾色器"面板，简称"样式"面板，如图 3－59 所示。在该面板中可以任选一种填充样式图案对形状进行样式填充。

④ 颜色：█：利用此按钮可以设置形状的填充的颜色。单击它可以调出"拾色器"对话框。

2. 圆角矩形工具的使用

圆角矩形工具主要是用来绘制圆角矩形的。选择

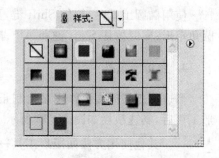

图 3－59

圆角矩形工具后，选项栏如图 3－60 所示。可以看出，它比"矩形"工具选项栏增加了一个"半径"文本框，其他使用方法同矩形工具一样。

图 3－60

"半径"：此项用于控制圆角矩形 4 个角的圆滑程度，数值越大，圆角矩形的 4 个角越平滑，其取值范围在 0～1 000 px（像素）之间。

"几何选项"按钮 ▾：单击此按钮，将调出"圆角矩形选项"面板，如图 3－61 所示。利用该面板可以调整圆角矩形的一些属性。

在绘制圆角矩形时，按住 Alt 键，将以中心点为起点绘制圆角矩形。

3. 椭圆工具的使用

椭圆工具的作用是用来绘制椭圆形或正圆形,其使用方法同矩形工具基本一样。单击"几何选项"按钮 ▾,会调出"椭圆选项"面板,如图 3-62 所示。利用该面板可以调整椭圆的一些属性。

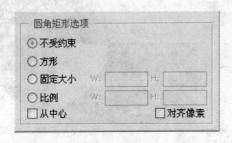

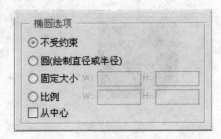

图 3-61   **图 3-62**

使用椭圆工具时,按住 Shift 键,可以绘制出正圆形;按住 Alt 键,将以中心点为起点绘制圆角矩形;同时按住 Shift 键和 Alt 键,将从中心绘制正圆。

4. 多边形工具

多边形工具的主要作用是绘制正多边形或星形,其绘制方法同矩形工具一样。选择多边形工具后,其选项栏如图 3-63 所示。可以看出,它比矩形工具选项栏增加了一个"边"文本框 边:[5]。其他使用方法同矩形工具一样。

图 3-63

"边":该文本框内的数据决定了多边形边数。

"几何选项"按钮 ▾:单击此按钮,将调出"多边形选项"面板,如图 3-64 所示。利用该面板可以调整多边形的一些属性。

图 3-64

"半径":此项用于设置多边形或星形的半径长度。

"平滑拐角":勾选此复选框,可绘制出圆角效果的正多边形或星形。

"星形":勾选此复选框,在图像文件中可绘制出星形图形。

"缩进边依据":在右侧的输入框中输入数值,可控制星形边的缩进程度,数值越大,缩进的效果越明显,取值范围在 1%～99% 之间。

"平滑缩进"：勾选此复选框，可以使星形的边缘向中心平滑缩进。

图 3 - 65(a)给出了选择了"平滑拐角"后绘制的三边形图形；图 3 - 65(b)为勾选了"星形"复选框后绘制的五边形图形；图 3 - 65(c)为选择了"缩进边依据"和"平滑缩进"后绘制的效果。

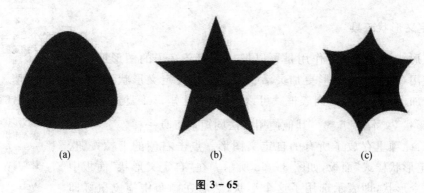

(a) (b) (c)

图 3 - 65

5. 直线工具

直线工具的主要作用是绘制直线形状或绘制带有箭头的直线形状，选择直线工具后，其选项栏如图 3-66 所示。可以看出，它比矩形工具选项栏增加了一个"粗细"文本框 粗细 1 px ，其他使用方法同矩形工具一样。

图 3 - 66

"粗细"：该文本框内的数据决定了直线的粗细，数值越大，直线形状越宽，取值范围在 1~1 000 像素。

"几何选项"按钮 ▾：单击此按钮，将调出"箭头选项"面板，如图 3 - 67 所示。利用该面板可以调整箭头的一些属性。

"起点"复选框：勾选此选项，表示在绘制直线形状时，直线形状的起点处带有箭头。

"终点"复选框：勾选此选项，表示在绘制直线形状时，直线形状的终点处带有箭头。

"宽度"文本框：用于控制箭头的宽窄度，数值越大，箭头越宽，取值范围在 10%~1 000%之间。

"长度"文本框：用于控制箭头的长短，数值越大，箭头越长，取值范围在 10%~5 000%之间。

图 3 - 67

"凹度"文本框:用于控制箭头的凹陷程度。数值为正时,箭头尾部向内凹陷,数值为负时,箭头尾部向外突出,数值为"0"时,箭头尾部平齐,取值范围在－50%～＋50%之间。

在绘制直线形状时,按住 Shift 键,可在水平、垂直和 45 度角 3 个方向绘制。

6. 自定义形状工具

自定义形状工具的主要作用是可以把一些定义好了的图形形状拿过来直接使用,使创建的图形更加灵活快捷。选择自定义形状工具后,选项栏中增加了一个"形状"列表框。可以看出,它比矩形工具选项栏增加了一个"形状"文本框形状:➡️▾,其他使用方法同矩形工具一样。

"形状":此项里存放了所有的自定义图形。点击右侧的下拉按钮,将弹出"自定形状样式"面板,如图 3－68 所示。在"自定义形状"面板中点击任意一个形状,即表示选用了这个形状,然后在画布中拖曳鼠标即可绘制选中的图案。

点击"自定形状样式"面板右侧的按钮,将弹出如图 3－69 所示菜单,利用该菜单可以改变形状显示的方式,复位、载入、存储、替换形状等操作。

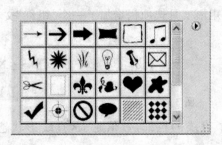

图 3－68

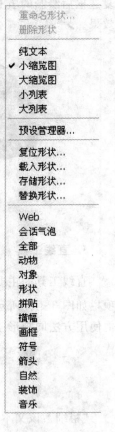

图 3－69

"几何选项"按钮▾:单击此按钮,将调出"自定形状选项"面板,如图 3－70 所示。利用该面板可以调整箭头的一些属性。

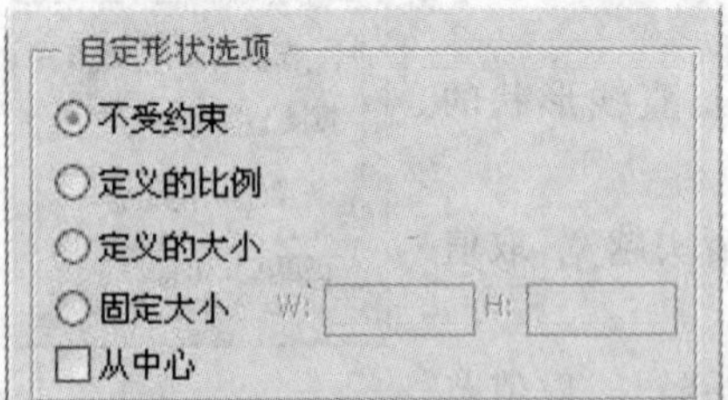

另外,用户还可以自己设计新的自定义形状样式,方法如下。

新建画布,使用各种自定义形状工具绘制一个图形,注意:要在一个形状图层中绘制图形。

执行"编辑"→"定义自定义形状"命令,打开"形状名称"对话框,并在对话框中给形状命名。再点击"确定"按钮,即可将刚刚绘制的图像定义为新的自定

图 3－70

形状样式。在"自定形状样式"面板中可以找到这个图形。

3.4　擦除图像和恢复局部图像

3.4.1　使用橡皮擦工具擦除图像

橡皮擦工具组包含 3 种橡皮工具，它们的作用是擦除、修改图像。右击橡皮擦工具，弹出如图 3-71 所示的橡皮擦工具组。它们的表现效果各不相同，下面分别进行介绍。

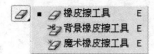

图 3-71

1. 橡皮擦工具

① 基本使用方法：橡皮擦工具是最基本的擦除工具，它主要用于擦除图像的颜色，单击按下"橡皮擦工具"按钮后，用鼠标在背景图层内拖曳，即可擦除背景图层中的图像，擦除的部分呈背景色，如图 3-72 所示。

② 若擦除的不是背景图层内的图像，则擦除的部分变为透明。例如双击图像图层面板中的背景图层（如图 3-73 所示），将调出如图 3-74 所示"新建图层"对话框，在对话框中输入新建图层的名称后，单击"确定"按钮，可将背景图层转换为非背景图层。再用橡皮擦工具擦除图像，效果图如图 3-75 所示。

图 3-72

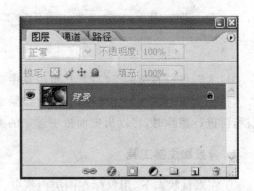

图 3-73

③ 擦除图像可以理解为用设定的画笔工具重新绘制图像（绘图色为背景色）。所以画笔绘图中采用的一些方法在擦除图像时也可使用。例如，按住 Shift 键，同时拖曳鼠标进行擦除，可沿水平或垂直方向擦除图像；按住 Ctrl 键，可将擦除工具暂时切换到移动工具。

④ 橡皮擦工具的选项栏如图 3-76 所示。利用它可以设置橡皮的画笔模式、画笔形状和

不透明度等。

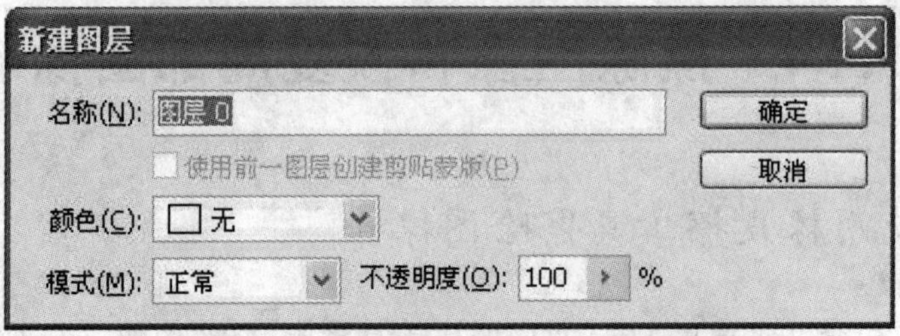

图 3-74

图 3-75

图 3-76

"模式"：点击右边的下拉按钮，可以从中选择擦除时的 3 种模式。

"抹到历史记录"：勾选此项，在历史记录面板中首先确定要擦除到的状态，然后勾选此复选框，再进行擦除时，将以历史面板中选定的图像状态覆盖当前的图像。

2. 背景橡皮擦工具

① 在默认状态下，用鼠标在图层内拖曳，即可擦除图层中鼠标移动的区域，擦除的部分呈透明。如擦除的是背景图层，单击鼠标后，背景图层将自动转换为普通图层。

"背景橡皮擦工具"与"橡皮擦工具"一个很大的区别在于"背景橡皮擦工具"有取样的功能。在默认状态下，鼠标单击处的颜色将成为当前背景色。

②"背景橡皮擦工具"的选项栏如图 3-77 所示。利用它可以设置橡皮的画笔形状、设置取样的方式及擦除图像的方式等。

图 3 - 77

"取样:连续"按钮：按下此按钮,背景色随着鼠标移动而发生变化,当鼠标停止移动时,其最后所在位置的颜色为当前的背景色。可以擦除鼠标经过处的所有颜色。

"取样:一次"按钮：按下此按钮,用鼠标在图像中单击,则鼠标点击处的像素颜色成为当前背景色,然后用鼠标在图层内拖曳,即可擦除图层中在单击处颜色容差范围内的图像,如图 3 - 78 所示。图 3 - 78(a)为原图,图 3 - 78(b)为擦除后的图像。

(a)   (b)

图 3 - 78

"取样:背景色板"按钮：按下此按钮,用鼠标在图层内拖曳,将擦除在当前背景色一定容差范围内的图像,如图 3 - 79 所示。图 3 - 79(a)为原图,图 3 - 79(b)为擦除后的图像。

"限制"列表框：这个选项中包括 3 个子选项,都是用来限制擦除图像范围的。其各项含义如下。

● "不连续"：擦除当前图层中与鼠标点击处(样本颜色)相似颜色的区域。

● "连续"：擦除当前图层中包含样本颜色并且相互连接的区域。

● "查找边缘"：擦除当前图层中包含样本颜色的连接区域,同时更清晰地显示擦除形状的边缘。

"容差"文本框：用来设置颜色取样允许的彩色容差值,决定擦除图像颜色的精确度,该数值的范围是 1%～100%,擦除颜色的范围就越大。

"保护前景色"：勾选此复选框,可以保护和当前前景色一样的颜色不被擦除。

3. 魔术橡皮擦工具

魔术橡皮擦工具可以进行智能化的擦除,与魔棒工具的工作原理非常相似,使用时只需在

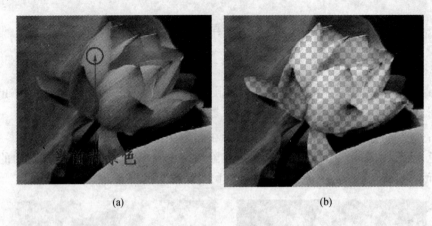

(a)　　　　　　　　　　　　　　　　(b)

图 3 - 79

需要清除的地方单击一下，即可删除与该点颜色相近的所有区域。选择魔术橡皮擦工具后，选项栏如图 3-80 所示。

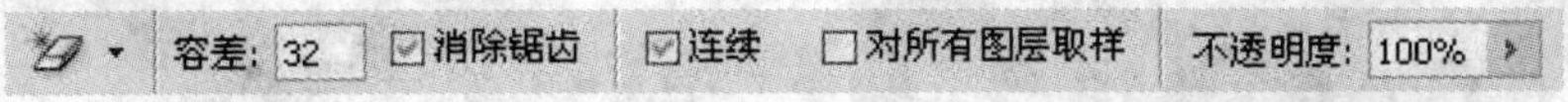

图 3 - 80

前面没有介绍过的选项作用如下。

"容差"文本框：用于确定擦除图像的颜色范围，该数值的范围是 0～255。数值越大，取样和擦除的范围就越大；数值越小，取样和擦除的范围就越小。

"消除锯齿"：勾选此复选框，可消除边缘的锯齿，使图像平滑。

"连续"：勾选此复选框，将会只擦除与鼠标落点处颜色相近且相连的颜色；如果不勾选，则会擦除图层中所有与鼠标落点处颜色相近的颜色。

"对所有图层取样"：勾选此复选框，则擦除操作对所有图层有效；否则只对当前图层有效。

"不透明度"用来设置擦除后图像所呈的不透明度。

3.4.2　使用历史记录笔恢复局部图像

历史记录画笔工具组包括历史记录画笔工具和历史记录艺术画笔工具。它们和画笔工具一样，都是绘图工具，但它们又有其独特的作用。右击工具箱中的历史记录画笔工具，弹出如图 3-81 所示的历史画笔工具组。

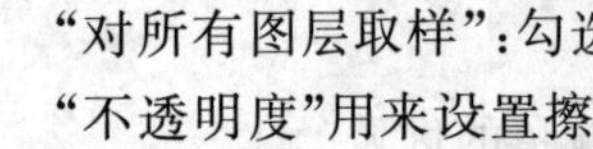

1. 历史记录画笔工具

"历史记录画笔"工具可以非常方便地恢复图像至任一操

图 3 - 81

作,而且还可以结合属性栏上的笔刷形状、不透明度和色彩混合模式等选项制作出特殊的效果。使用此工具必须结合历史面板一起使用,但此工具比历史面板更具弹性,可以有选择地恢复到图像的某一部分。

选择"历史记录画笔"工具后,选项栏如图 3-82 所示。其各项属性在前面已介绍过。下面简单介绍一个使用"历史记录画笔"工具的例子。

图 3-82

① 新建画布,创建一个矩形选区,给选区内填充图案,如图 3-83 所示。此时"历史记录"调板如图 3-84 所示。

图 3-83

图 3-84

② 再用油漆桶工具将图案的空白处填充上颜色,如图 3-85 所示。此时,"历史记录"调板如图 3-86 所示。

图 3-85

图 3-86

③ 使用魔术橡皮擦工具多次单击图内的背景颜色,擦除掉背景,效果如图 3 - 87 所示。此时"历史记录"调板如图 3 - 88 所示。

图 3 - 87　　　　　　　　　　　　　　　图 3 - 88

④ 单击历史记录调板内最后一个"油漆桶"记录左边的方形选框,使方形选框内出现"历史记录"标记,如图 3 - 89 所示。

⑤ 单击按下"历史记录画笔"工具,在选项栏上设置好画笔后,在图像中拖拽鼠标,拖拽过的地方会恢复到历史记录面板中最后一个油漆桶所指的状态,恢复的程度不仅取决于步骤④点击的位置,还取决于画笔拖动的轨迹和面积,这就是前面所说的历史记录画笔工具可以有选择地恢复图像的某一部分。对图 3 - 87 使用"历史记录画笔"后的效果图如图 3 - 90 所示。

图 3 - 89　　　　　　　　　　　　　　　图 3 - 90

2. 历史记录艺术画笔

历史记录艺术画笔工具也具有恢复图像的功能,所不同的是,它可以将局部图像依照指定的历史记录转换成手绘图的效果。使用此工具时也需结合历史面板一起使用。选择历史记录艺术画笔工具,选项栏如图 3-91 所示。

图 3-91

"样式"下拉列表框:此项可以选择历史记录艺术画笔的艺术风格,点击右边的下拉箭头,可以从中选择各种不同的艺术风格选项,例如选择"绷紧卷曲"选项后效果如图 3-92 所示;选择"轻涂"选项后效果如图 3-93 所示。

图 3-92　　　　　　　　　　　　图 3-93

"区域":此选项可以控制产生艺术效果的范围。所设数值越大,产生的区域越大;反之则越小。

"容差":此选项可以控制图像的色彩保留程度,所设数值越大,与原图像的色彩越接近。

3.5　复制和修复图像

3.5.1　图章工具组

图章工具组包括仿制图章工具和图案图章工具,它们的作用都是复制图像,但复制方式和作用各不相同。右击工具箱上的仿制图章工具,弹出如图 3-94 所示的图章工具组。

图 3-94

1. 仿制图章工具

仿制图章工具的主要优点是可以从已有的图像中取样,然后将取到的样本应用于其他图像或同一图像上。如果将复制的内容应用到其他图像上,那么这两幅图像的色彩模式必须相同。选择仿制图章工具后,选项栏如图 3-95 所示。

图 3-95

使用仿制图章工具复制图像的方法如下。

① 打开两幅图像,如图 3-96 和图 3-97 所示。下面将"人物"图像的全部或一部分复制到"背景"图像中。

图 3-96　　　　　　　　　　　　　图 3-97

② 单击按下工具箱内的"仿制图章工具"按钮,在选项栏内进行画笔、模式、不透明度等设置后,选中"对齐"复选框。(选中"对齐"复选框后的目的是只复制一幅图像)

③ 将鼠标移到需要复制的图像上,按住 Alt 键,鼠标变成"取样形状"⊕,同时点击鼠标进行取样,则单击点为复制图像的基准点。

④ 然后单击"背景图像"的标题栏,选中"背景"图像画布窗口。在"背景图像"内用鼠标拖曳,即可将人物图像以基准点为中心复制到背景图像中。因为选择了"对齐",即使在复制中多次重新拖曳鼠标,也不会重新复制图像,而是继续前面的复制工作。效果如图 3-98 所示。

⑤ 如果不选择"对齐"复选框,则在复制图像过程中,重新拖曳鼠标时,将会重新复制图像,而不是继续前面的复制工作,这样复制后的效果如图 3-99 所示。

选项栏中"样本"下拉列表框的作用:选择"当前图层"仅对当前图层取样;选择"当前和下方图层"将对当前及下一层图层进行取样;选择"所有图层"项则可从所有可见图层中对数据进

图 3 - 98

图 3 - 99

行取样。

2. 图案图章工具

图案图章工具与仿制图章工具的功能基本一样,只是它复制的不是以基准点确定的图像,而是图案。在工具箱中选择图案图章工具,选项栏如图 3 - 100 所示。

图 3 - 100

选项栏中没有介绍过的选项作用如下。

"图案"列表框:点击右侧的下拉按钮,可从中选择任意一个图案。

"印象派效果"复选框:此项可以使复制的效果类似于印象派艺术画的效果。

① 打开两张图片,如图 3-101 和图 3-102 所示。选择矩形选框工具,在图中创建一个矩形选框。

图 3 - 101　　　　　　　　　　　　　　　　图 3 - 102

　　② 单击"编辑"→"定义图案"菜单命令,调出"图案名称"对话框,如图 3 - 103 所示。在对话框中输入新定义的图案名称"西红柿",单击"确定",即可将矩形选框内的图像定义为一个新的图案。

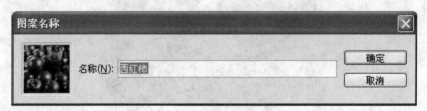

图 3 - 103

　　③ 选择图案图章工具,在选项栏中设置好画笔、模式、不透明度等,选择"图案"列表框内的"西红柿"图案,勾选"对齐"复选框。(多次重新拖曳鼠标时,也不会重新复制,而是继续前面的复制工作)

　　④ 在图中用鼠标拖曳,效果如图 3 - 104 所示。

图 3 - 104

⑤ 如果不勾选"对齐"复选框,则在复制图像过程中,再次拖曳鼠标时,将会重新复制图像,而不是继续前面的复制工作,这样复制后的效果如图 3 - 105 所示。

图 3 - 105

另外,如果对复制的图像不满意,还可以用历史记录画笔进行恢复。

3.5.2 修复工具组

在 Photoshop CS4 中,修复工具组共有四个工具:污点修复画笔工具、修复画笔工具、修补工具和红眼工具。这些工具的作用有很大的相似性。所有的修复或修补工具都会把样本像素的纹理、光照、透明度和阴影与所修复的像素相匹配。

说明:如果要从一幅图像中取样并应用于另一幅图像,则这两幅图像的颜色模式必须相同,除非其中一幅图像处于灰度模式中。如果在修复前先建立一个选区,则选区限定了要修复的范围在选区内而不在选区外。

图 3 - 106

右击工具箱上的污点修复画笔工具,弹出如图 3 - 106 所示的修复工具组。

1. 污点修复画笔工具

污点是指包含在大片相似或相同颜色区域中的其他颜色。不包括在两种颜色过渡处出现的其他颜色。"污点修复画笔"工具通常用在去除人物面部小瑕疵上。选择"污点修复画笔"工具后,选项栏如图 3 - 107 所示。

图 3 - 107

使用"污点修复画笔"工具的方法如下。

打开一幅需要修复的图像,如图 3-108 所示。在工具箱中选择"污点修复画笔"工具,调整好画笔、模式等,画笔比要修复的区域稍大一点最为适合。

在有瑕疵的地方用鼠标点击一下,注意要随着瑕疵的大小调整画笔笔尖大小。修复后的效果如图 3-109 示。

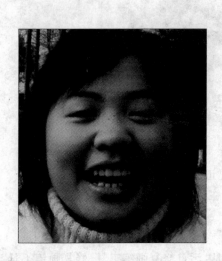

图 3-108

图 3-109

污点修复画笔工具选项栏中各选项作用如下。

● "画笔"下拉菜单:选择合适的画笔样式,如果没有建立污点选区,则画笔比要修复的区域稍大一点最为适合,这样,只需点按一次即可覆盖整个域。

● "模式"下拉列表框:用于选取混合模式。选取"替换"模式可以保留画笔描边的边缘处的杂色、胶片颗粒和纹理。

● "近似匹配"模式:如果没有选中污点,则样本自动采用污点外部四周的像素。如果选中污点,则样本采用选区外围的像素。

● "创建纹理"模式:使用选区中的所有像素创建一个用于修复该区域的纹理。

● "对所有图层取样":可从所有可见图层中对数据进行取样。如果取消选择"对所有图层取样",则只从现用图层中取样。点按要修复的区域,或点按并在较大的区域上拖移。

2. 修复画笔工具

修复画笔工具可以将图像的一部分或一个图案复制到同一幅图像的其他位置或其他图像中,而且可以只复制采样区域像素的纹理到鼠标涂抹的作用区域,保留工具作用区域的颜色和亮度值不变,并尽量将作用区域的边缘与周围像素融合。

① 修复画笔工具的选项栏如图 3-110 所示。部分选项作用如下。

图 3-110

● "模式"下拉列表框：如果选用"正常"，则使用样本像素进行复制或修复的同时把样本像素的纹理、光照、透明度和阴影与所修复的像素相融合；如果选用"替换"，则只用样本像素替换目标像素且与目标位置没有任何融合。

● "源"单选按钮：如果选择"取样"，则必须按 Alt 单击取样，使用当前取样点修复目标，如果选择"图案"，则在"图案"列表中选择一种图案并用该图案修复目标。

● "对齐"：不选该项时，每次拖动后松开左键再拖动，都是以按下 Alt 时选择的同一个样本区域修复目标；而选该项时，每次拖动后松开左键再拖动，都会接着上次未复制完成的图像修复目标。

② 使用修复画笔处理图像，方法与使用图章工具基本一样。首先选择修复画笔工具，然后将鼠标移到需要复制的目标像素位置，按住 Alt 键，鼠标变成"取样形状" ⊕，同时点击鼠标进行取样，单击点为复制图像的基准点。移动鼠标到需要修改的地方拖曳，即可用采集样本替代鼠标拖拽过的地方。图 3-111 和图 3-112 为打开的两幅图像，将图 3-111 的文字复制到图 3-112，效果如图 3-113 所示。可以看到，图中的文字很好地融合在图中的背景中。

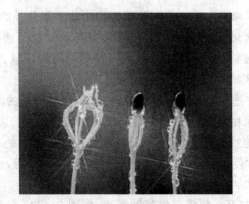

图 3-111   图 3-112

比较一下图章工具的使用方法类似于修复画笔工具，但前者是完全复制对象，对象和目标区域不融合。作用相当于使用"修复画笔工具"时在选项栏中选中"替换"模式。

图 3 - 113

3. 修补工具

和修复画笔工具的作用类似,修补工具也可以将图像的一部分或一个图案复制到同一幅图像的其他位置或其他图像中,而且可以只复制采样区域像素的纹理到鼠标涂抹的作用区域,保留工具作用区域的颜色和亮度值不变,并尽量将作用区域的边缘与周围像素融合。

① 选择修补工具后,选项栏如图 3 - 114 所示,各选项作用如下。

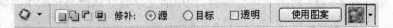

图 3 - 114

● "修补"项:选择"源"单选按钮是指要修补的对象是现在选中的区域。方法是先选中要修补的区域,再把选区拖动到用于修补的区域。选择"目标"单选按钮,与"源"相反,要修补的选区是被移动后到达的区域而不是移动前的区域。方法是先选中好的区域,再拖动选区到要修补的区域。

● "透明"复选框:如果不选该项,则被修补的区域与周围图像只在边缘上融合,而内部图像纹理保留不变,仅在色彩上与原区域融合;如果选中该项,则被修补的区域除边缘融合外,还有内部的纹理融合,即被修补区域好象做了透明处理。

● "使用图案"按钮:选中一个待修补区域后,点"使用图案"命令,则待修补区域用这个图案修补。

② 打开一幅需要修复的图片,如图 3 - 115 所示。可以看出,人物的额头有一些抬头纹,现在我们使用修补工具将这些抬头纹去除。

为了方便操作,我们将图像放大,截取的额头图像如图 3 - 116 所示。

图 3 - 115

图 3 - 116

首先选择修补工具或其他选区工具将需要修补的地方定义出一个选区。选中修补工具，将鼠标移到选区内部，拖曳鼠标到周围没有抬头纹的合适区域，然后松开鼠标左键。如图 3 - 117 所示。

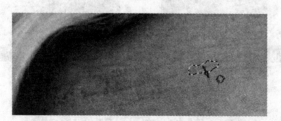

图 3 - 117

用相同的方法去掉额头上其他地方的皱纹。完成后的效果如图 3 - 118 所示。

使用修复画笔工具和修补工具是一个不断试验和修正的过程。如果从一个区域选择进行修补的效果没有达到你所期望的效果，可运用恢复功能并重新选择一个区域进行修补，一直到你满意为止。有一点需要注意：使用修复画笔工具的时候并不是一个实时的过程。就像使用图章工具一样，当你在想修复的区域喷涂时，只有当你停止喷涂，Photoshop 才开始处理信息

图 3 - 118

并完成修复。这两个工具虽然简单,但是如果要达到得心应手的效果还需要多加练习。

4. 红眼工具

红眼主要是拍照时使用闪光灯造成的。红眼工具主要用于消除红眼,使用方法比较简单。打开一幅照片,如图 3 - 119 所示。

在工具箱中选择红眼工具,选项栏如图 3 - 120 所示。用鼠标在红眼处单击,即可将红眼消除。效果如图 3 - 121 所示。

图 3 - 119　　　　　　　　　　　　　　　　　　　图 3 - 121

瞳孔大小: 50%　　变暗量: 50%

图 3 - 120

3.6 渲染工具组

3.6.1 模糊工具组

模糊工具组包括 3 种模糊工具,分别是模糊工具、锐化工具和涂抹工具。右击模糊工具,弹出如图 3-122 所示的模糊工具组。

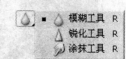

图 3-122

1. 模糊工具

模糊工具用来将图像突出的色彩和锐利的边缘进行柔化。其工作原理是降低像素之间的反差,从而使图像变得模糊。

选择模糊工具,选项栏如图 3-123 所示。各选项作用如下。

图 3-123

- "模式":该项可以设置模糊工具的色彩混合方式。
- "强度":该项可以控制涂抹的程度,数值越大,涂抹的效果越明显。
- "用于所有图层":勾选此选项,可以对所有图层起作用。
- "切换画笔调板"按钮 :点击该按钮可以打开"画笔"调板,进行画笔样式的设置。

打开一幅图像,如图 3-124 所示。选择模糊工具,在选项栏中设置好各选项后,用鼠标在洋娃娃的眼睛处拖曳,图像部分模糊的效果如图 3-125 所示。

2. 锐化工具

锐化工具正好和模糊工具相反,它是用来将图像相邻颜色的反差加大,使图像的边缘更锐利。锐化工具的选项栏和模糊工具的选项栏相同,使用方法也与模糊工具一样。将图 3-124 洋娃娃的眼睛用锐化工具加工后的图像如图 3-126 所示。

3. 涂抹工具

涂抹工具能制造出用手指在未干的颜料上涂抹的效果。在工具箱中选择涂抹工具,将弹出涂抹工具选项栏,如图 3-127 所示。

"手指绘画":勾选此项,相当于用手指蘸着前景色在图像中进行涂抹;不勾选此项,将只拖动图像处的色彩进行涂抹。

图 3 – 124   图 3 – 125

图 3 – 126

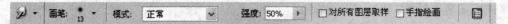

图 3 – 127

图 3-128 是使用了涂抹工具的效果。

图 3-128

3.6.2 亮化工具组

亮化工具组包括减淡工具、加深工具和海绵工具。右击减淡工具,将弹出如图 3-129 所示亮化工具组。

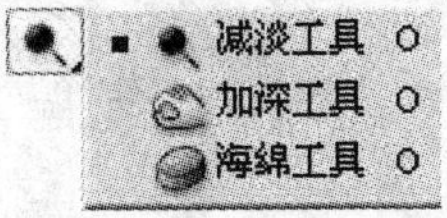

1. 减淡工具

减淡工具的主要作用是对图像的亮度增加,使图像变淡。

① 选择减淡工具,选项栏如图 3-130 所示。部分选项作用如下。

图 3-129

图 3-130

● "范围"下拉列表框:点击"范围"右侧的下拉按钮,将弹出"阴影"、"中间调"和"高光"3个选项。"阴影":对图像中较暗的区域进行亮化;"中间调":对图像中的中间色调区域进行亮化;"高光":对图像中的高光区域进行亮化。

● "曝光度":用于控制图像的曝光强度,数值越大,曝光强度越明显。取值范围在 1%~100%。

- "喷枪"按钮：点击该按钮，将启用喷枪工具。
- "保护色调"复选框：勾选后能够在减淡提亮的同时较好地保留色调。
- "切换画笔调板"按钮 ▣：点击调出画笔调板，可设置画笔的样式。

② 减淡工具的使用方法比较简单，打开一幅图像，如图 3-131 所示。单击选择减淡工具，在选项栏中设置好选项后，用鼠标在上方的柠檬上拖曳或单击，效果如图 3-132 所示。

图 3-131   图 3-132

2．加深工具

加深工具可以改变图像特定区域的曝光度，使图像变暗。

加深工具选项与减淡工具的选项相同，各参数不再介绍。选择加深工具，选项栏如图3-133 所示。

图 3-133

加深工具的使用与减淡工具相同，图 3-134 为对右下角的柠檬使用了加深工具后的效果。

3．海绵工具

海绵工具的作用是改变图像的色彩饱和度。

① 选择海绵工具，选项栏如图 3-135 所示。部分选项作用如下。

- "模式"下拉列表框：模式选项中包括"降低饱和度"和"饱和"两个选项。"降低饱和度"：降低图像颜色的饱和度，使图像中的灰度色调增强；"饱和"：增加图像颜色的饱和度，使图像中的灰度色调减少。
- "流量"：此项可以控制饱和度的大小，数值越大，饱和度效果越明显。

图 3 – 134

图 3 – 135

② 海绵工具的使用方法与减淡、加深工具相同。选择海绵工具后,在选项栏中设置好选项,在图像中拖曳或单击即可。图 3 – 136 为选择"饱和"模式对切开的柠檬使用海绵工具后的效果。

图 3 – 136

3.7 实 例

1. 绘制气泡

① 新建画布,填充任一非白颜色,如图 3 – 137 所示。

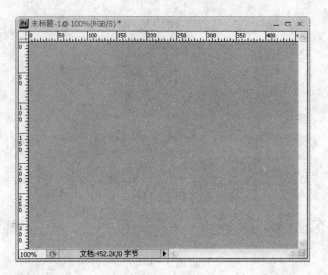

图 3 – 137

   ② 新建一图层,选择椭圆选框工具,在画布中拖曳出一个正圆形的选区,并根据选区的大小选择适合的羽化半径对选区执行羽化,如图 3 – 138 所示。

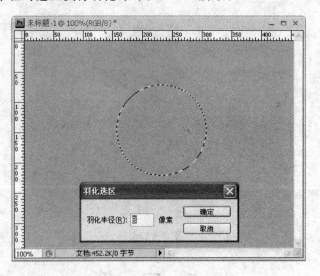

图 3 – 138

   ③ 执行"编辑"→"描边"命令,按如图 3 – 139 所示描边对话框进行参数设置,单击确定按钮。得到如图 3 – 140 效果。

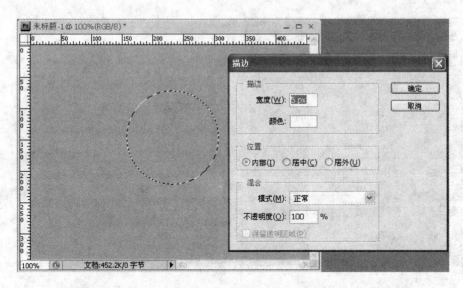

图 3 - 139

④ 执行"选择"→"反向"命令,删除选区之外的部分。如图 3 - 141 所示。

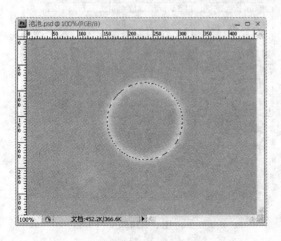

图 3 - 140

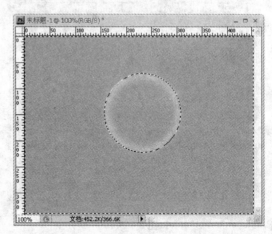

图 3 - 141

⑤ 选择椭圆选框工具,绘制如图 3 - 142 所示选区,并执行"编辑"→"变换选区"中的"旋转"、"变形"等命令,对选区进行变换。得到如图 3 - 143 所示选区。

⑥ 对该选区执行"羽化",羽化半径依选区大小而定,然后填充白色,如图 3 - 144 所示。

⑦ 继续使用椭圆选框工具,借助 Alt 键,得到如图 3 - 145 所示选区。

⑧ 对选区进行变换和羽化,得到如图 3 - 146 所示选区。

⑨ 对选区填充白色,效果如图 3 - 147 所示。

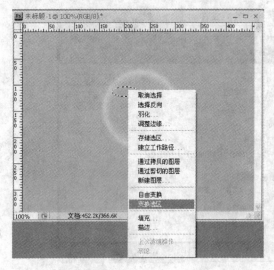

图 3 - 142

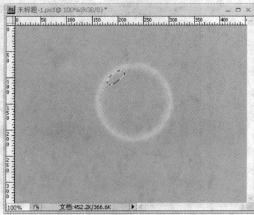

图 3 - 143

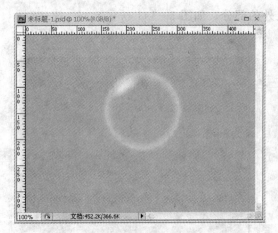

图 3 - 144

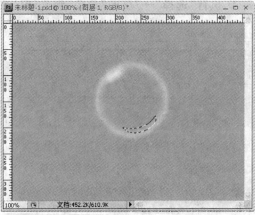

图 3 - 145

⑩ 打开另外一幅图像,选择移动工具,将气泡移至该图像中。按住 Alt 键,对气泡进行复制,并且利用"Ctrl＋T"快捷键可以分别对每个气泡进行自由变换,最终得到如图 3 - 148 所示效果。

2. 制作邮票

① 打开如图 3 - 149 所示图片,执行"图像"→"画布大小",按照图 3 - 150 进行参数设置,点击"确定"按钮,得到如图 3 - 151 所示效果。

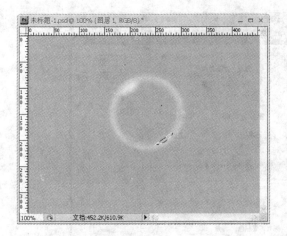
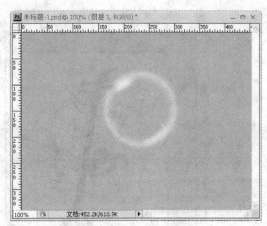

图 3-146   图 3-147

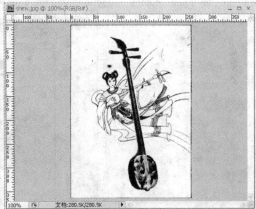

图 3-148   图 3-149

② 新建画布,颜色填充为黑色,利用移动工具将图移到画布中,调整其位置,效果如图 3-152 所示。

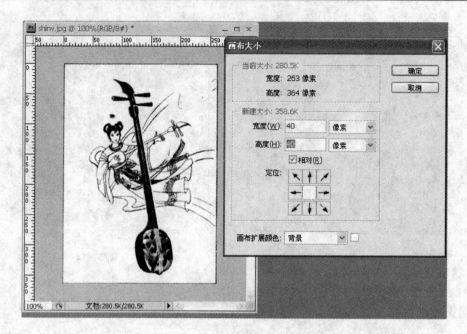

图 3 - 150

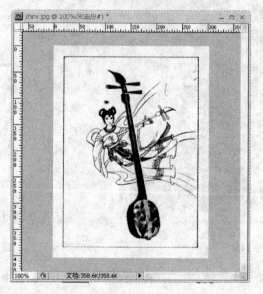

图 3 - 151

③ 选择橡皮擦工具,点击"切换画笔调板" 按钮,设置如图 3 - 153 所示参数。

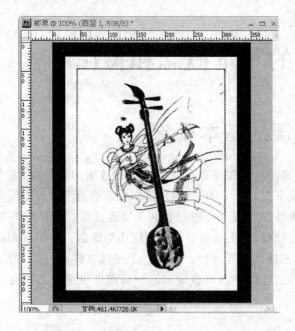

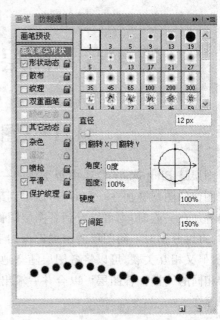

图 3 - 152　　　　　　　　　　　　　　　　图 3 - 153

④ 按住 Shift 键按下鼠标左键在白边处拖曳,效果如图 3 - 154 所示。

⑤ 选择文字工具,在图像上适当的位置输入文字,最终效果如图 3 - 155 所示。

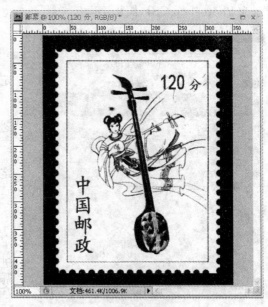

图 3 - 154　　　　　　　　　　　　　　　图 3 - 155

第4章 图层的基本概念和操作

4.1 图层的基本概念

图层是 Photoshop CS4 中很重要的一部分。图层可以看成是一张张透明的胶片,当多个没有图像的图层叠加在一起时,可以看到最下面的一个图层,即背景图层。而当多个有图像的图层叠加在一起时,则可以看到各图层图像叠加的效果。图层有利于实现图像的分层管理和处理,可以分别对不同图层的图像进行加工处理,而不会影响其他图层内的图像。各图层相互独立,但又相互关联,可以将各图层随意地进行合并等操作。在同一个图像文件中,所有图层具有相同的属性。各图层可以合并后输出,也可以分别单独输出。一幅图像中至少必须有一个层存在。

4.2 图层面板

图层面板是用来管理图层的,所有图层的功能都使用图层菜单或图层面板来控制。图 4-1 所示为 Photoshop CS4 中图层面板。

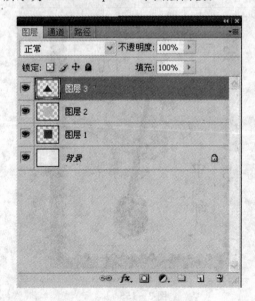

图 4-1

图层面板中部分选项的作用介绍如下。

① 正常 :在其下拉列表中可指定当前图层与其下面图层的颜色混合模式。

② 不透明度: :设置图层中图像的不透明度。

③ "锁定透明像素按钮" :单击此按钮,锁定当前图层的透明像素区域,进行编辑操作时只能对图层中的不透明区域有效。

④ "锁定图像像素"按钮 :单击此按钮,锁定当前图层的内容,禁止对当前图层中的内容进行编辑修改操作,只可对图层进行移动和变形。

⑤ "锁定位置"按钮 ✛ : 单击此按钮，锁定全部操作，即在该图层中不能进行任何操作。

⑥ "锁定全部"按钮 🔒 : 单击此按钮，锁定全部操作，即在该图层中不能进行任何操作。

⑦ "添加图层样式"按钮 *fx.* : 单击此按钮，在弹出的快捷菜单中选择某个样式命令为图层添加特殊样式效果。"图层样式"对话框如图 4 - 2。

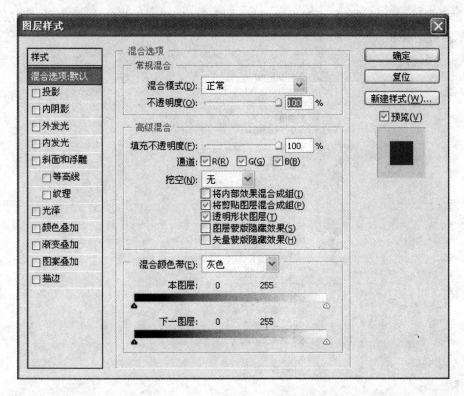

图 4 - 2

⑧ "添加图层蒙版"按钮 ▢ : 单击此按钮，将给当前图层添加一个图层蒙版。

⑨ "创建新的填充或调整图层"按钮 ◑ : 单击此按钮，可在弹出的菜单中选择调整图层色彩和色调命令。

⑩ "创建新组"按钮 ▢ : 单击此按钮，建立一个图层文件夹，可将不同的图层拖动到一个图层组中。利用该功能可管理图层。

⑪ "创建新图层"按钮 ▢ : 单击此按钮，将新建一个普通图层。

⑫ "删除图层"按钮 ：单击此按钮，可删除当前图层。

⑬ "指定图层可见性"按钮 ：单击此按钮，可显示或隐藏选中的图层。

⑭ "指定链接到其他图层"按钮 ：图层前有此标志，表示该图层已经与其他图层进行了链接。对有链接关系的图层进行操作时，其他链接的图层也会受影响。

⑮ 按钮：单击此按钮，可弹出如图 4－3 所示的图层面板菜单，在其中可对图层进行新建、删除、合并等操作。

图 4－3

图层面板可以显示各图层中内容的缩览图，这样可以方便查找图层。默认的是小缩览图，也可以使用中或大缩览图，或关闭缩览图。调整缩览图大小的方法是在图层调板空白区域（即没有图层显示的地方）单击右键更改缩览图大小，如图 4－4 所示；也可点击图层调板右上角的按钮 ，在弹出菜单中选择"面板选项"，如图 4－5 所示。

由于缩览图占用的空间较大，有时候反而降低了图层调板的使用效率，在这里建议使用小缩览图查看方式。待熟练以后，建议关闭缩览图以获取较大的图层调板使用空间。

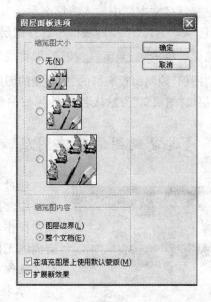

图 4-4　　　　　　　　　　　　　　　　图 4-5

4.3　图层的分类和创建

　　创建图层主要包括创建空白图层、通过复制图像创建图层、创建背景图层、创建调整图层、创建填充图层、创建文字图层、创建形状图层以及创建图层蒙版等。

4.3.1　创建空白图层

　　创建空白图层的操作非常简单,在创建出来的图层上可以进行各种操作。创建空白图层的具体操作如下。

　　① 选择"图层"→"新建"→"图层"命令,弹出如图 4-6 的"新建图层"对话框。

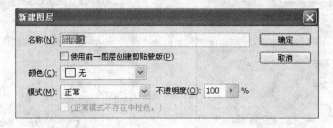

图 4-6

② 在其中"名称"文本框中输入图层名称。

③ 在"颜色"和"模式"下拉列表框中选择图层在面板中的显示颜色和混合模式。

④ 设置完成后单击 确定 按钮，即完成空白图层的创建。

直接单击"图层"控制面板底部的"创建新的图层"按钮 也可以快速地创建一个新的图层，只是创建的图层以"图层 X"为默认名（X 为阿拉伯数字，由 1 开始顺延），并且图层没有颜色。

4.3.2　通过复制图像创建图层

通过复制图像创建图层是在 Photoshop CS4 实际操作中常用的一种方法，在复制出的图层上进行各种编辑操作，可以不用担心编辑原图时因为操作失误而造成的无法挽回的损失。通过复制图像创建图层的具体操作如下。

① 将要复制的图层拖动到图层面板的"创建新图层"按钮 上。

② 当在"创建新图层"按钮上出现手型时释放鼠标，此时会在图层面板中出现一个与被复制图层相同的以"图层 X 副本"命名的图层，如图 4-7 所示。

③ 若想重命名复制的新图层，可在图层名处双击鼠标，此时图层名处于可编辑状态，如图图 4-8 所示。

图 4-7

④ 在图层名中输入新图层的名称，然后在可编辑状态之外单击鼠标，即完成操作，如图4-9 所示。

图 4-8

图 4-9

4.3.3　创建背景图层

将图 4-10 所示图层创建为背景图层，具体操作如下。

① 在图层面板中选中要作为背景的图层。

② 选择"图层"→"新建"→"背景图层"命令，即可将选中的图层设置为背景图层。如图 4-11 所示。

图 4-10　　　　　　　　　　　　　　　图 4-11

4.3.4　创建调整图层

调整图层是将"色阶"、"曲线"和"色彩平衡"等调整命令制作的效果单独放在一个图层中。创建调整图层具体操作如下。

① 选择"图层"→"新建调整图层"命令，并弹出其子菜单，如图 4-12 所示。

② 在"新建调整图层"子菜单中选择相应的调整命令，如选择"色阶"命令，此时会弹出"新建图层"对话框，可以在其中设置色阶图层的名称和颜色等，如图 4-13 所示。

③ 设置完成后单击 按钮，此时图层控制面板会添加一个调整图层的标志，如图4-14 所示。

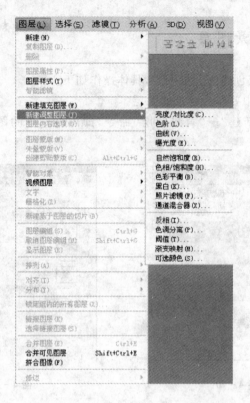

图 4－12

图 4－13   图 4－14

4.3.5　创建填充图层

填充图层是将各种填充模式的效果单独放在一个图层中。创建填充图层的具体操作如下。

① 选择"图层"→"新建填充图层"命令,并弹出其子菜单,如图 4-15 所示。

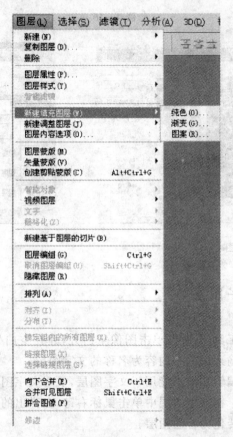

图 4-15

② 在"新建填充图层"子菜单中选择一种填充类型,如"纯色"命令,弹出如图 4-16 所示的"新建图层"对话框,在其中设置填充图层的名称等,设置完成后单击 确定 按钮。

③ 完成②的设置并确定后会弹出如图 4-17 所示的"拾色器"对话框,可以进行参数设定,完成后单击 确定 按钮,则图层控制面板会添加一个填充图层的标志,如图4-18所示。

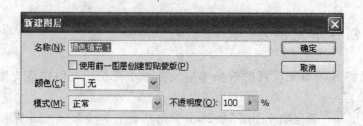

图 4 - 16

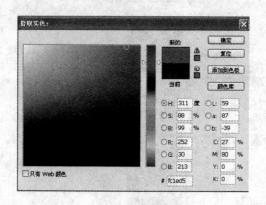

图 4 - 17

图 4 - 18

4.3.6 创建文字图层

在工具箱中单击文字工具 **T** 后再单击图像空白处,并在空白处输入文字,系统将自动在当前图层之上建立一个以输入的文字内容为名称的文字图层。

大部分的绘图工具和编辑功能不能用于文字图层,要对文字图层进行一些操作,必须先将文字图层转化为普通图层。在文字图层中单击鼠标右键,在弹出的快捷菜单中选择"栅格化文字"命令,即可将文字图层转化为普通图层。

4.3.7 创建形状图层

使用形状工具或钢笔工具可以创建形状图层,形状中会自动填充当前的前景色。在 Photoshop CS4 中,可以在图层中绘制多个形状,并指定重叠的形状如何相互作用。创建形状图层的具体操作如下。

① 在工具箱中单击自定义形状工具 或钢笔工具 ，并按下选择栏中的"形状图层"按
钮 。

② 若要给形状图层应用样式，可在选项栏中的 样式 下
拉列表框中选择样式。

③ 在选项栏中设置完成后拖动鼠标在图像窗口中进
行绘制，此时会在图层控制面板中建立一个如图 4-19 所
示的形状图层。

4.3.8　创建图层蒙版

图层蒙版可以遮蔽整个图层或者其中的所选部分，创
建图层蒙版的具体操作如下。

① 选择"选择"→"取消选择"命令或按住 Ctrl＋D 键
清除图像中的所有选区，在图层控制面板中，选择要添加
蒙版的图层或图层组。

图 4-19

② 在图层控制面板的底部单击"添加图层蒙版"按钮 ，或选择"图层"→"图层蒙版"→
"显示全部"命令，创建显示整个图层的蒙版，如图 4-20 所示。

③ 要创建隐藏整个图层的矢量蒙版，按住 Alt 键并单击"添加图层蒙版"按钮 ，或选择
"图层"→"图层蒙版"→"隐藏全部"命令，如图 4-21 所示。

图 4-20

图 4-21

4.4　图层的基本操作

4.4.1　图层的移动与调整

移动图层可以移动单个图层,也可以同时移动多个图层。具体操作如下。

① 单击图层面板中要移动的图层,选中该图层。

② 单击工具箱中移动工具 ▸╋ 按钮,或者在使用其他工具时按住 Ctrl 键,然后用鼠标拖移画布中的图层。

③ 如果要移动图层中的一部分图像,应先用选区将这部分图像选中,再用鼠标拖移选区中的图像。

④ 如果选中了移动工具 ▸╋ 的选项栏中的 ☑自动选择: 图层 复选框,则单击非透明区域内的图像时,可自动选中相应的图层,拖移鼠标可移动该图层。

4.4.2　图层的复制

复制图层的方法有拖动复制和利用菜单命令复制两种。

拖动复制图层的具体操作如下

① 在图层面板中选中需要复制的图层,拖移至图层面板底部的"创建新图层"按钮 ▢ 上,即可复制图层。

② 单击工具箱中的"移动工具"按钮 ▸╋ ,然后按住 Alt 键,当鼠标指针变成双箭头时拖动需要复制的图层,即可将其进行复制。

利用菜单命令复制图层的具体操作如下

① 选中需要复制的图层,单击图层控制面板中的 ▸ 按钮,在弹出的快捷菜单中选择则"复制图层"命令或选择"图层"→"复制图层"命令,弹出"复制图层"对话框,如图 4 - 22 所示。

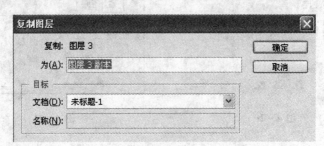

图 4 - 22

② 在"为（A）"文本框中为图层设置一个新名称，然后单击 确定 按钮即可。

4.4.3　图层的锁定

锁定图层是为了防止误操作。我们可以看到在背景图层上始终有一个锁定的标志，这是因为背景层自动具有一些锁定功能。

Photoshop CS4 提供了 4 种锁定方式，我们可以自己来给图层设置锁定。

① 锁定透明像素：单击此按钮，锁定当前图层的透明像素区域，进行编辑操作时只能对图层中的不透明区域有效。

② 锁定图像像素：单击此按钮，锁定当前图层的内容，禁止对当前图层中的内容进行编辑修改操作，只可对图层进行移动和变形。

③ 锁定位置：单击此按钮，锁定全部操作，即在该图层中不能进行任何操作。

④ 锁定全部：单击此按钮，锁定全部操作，即在该图层中不能进行任何操作。

4.4.4　设置图层属性

要改变图层面板中图层的颜色和名称，方法有两种。

方法 1：单击"图层"→"图层属性"命令，弹出"图层属性"对话框，如图 4 - 23 所示。

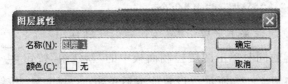

图 4 - 23

方法 2：在图层面板中选中需要设置图层属性的图层，单击右键，在弹出的快捷菜单中选择"图层属性"即可。

4.4.5　图层的删除

删除图层的方法有拖动删除图层和利用菜单命令删除图层两种。

一种是拖动删除图层，具体操作如下。

在图层面板中选择要删除的图层作为当前图层，单击图层面板底部的删除按钮 或直接用鼠标拖动该图层到删除按钮 上。

　　另一种是利用菜单命令删除图层，具体操作如下。

　　在图层面板中选择要删除的图层作为当前图层，单击图层面板中的 ▾☰ 按钮，在弹出的快捷菜单中选择"删除图层"命令，或选择"图层"→"删除"→"图层"命令，在打开的提示对话框中单击 是(Y) 按钮即可，如图 4-24 所示。

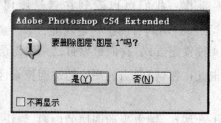

图 4-24

4.5　　图层的管理

4.5.1　　图层组

　　图层组可以帮助同时编辑多个图层，使用图层组可以将图层作为一组移动，对图层组应用属性和蒙版也更加简便快捷。创建图层组主要有以下几种方法。

　　方法 1：选择"图层"→"新建"→"组"命令。

　　方法 2：从图层控制面板菜单中单击 ▾☰ 按钮，选择"新建组"命令。

　　方法 3：按住 Alt 键的同时单击图层控制面板中的"新建组"按钮 ▢，会弹出"新建组"对话框，在其中进行设置，如图 4-25 所示。设置完成后单击 确定 按钮即可。

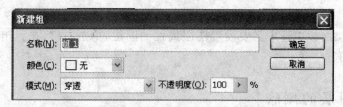

图 4-25

4.5.2　　链接图层

　　对多个图层同时进行移动时，可以将有关图层链接起来。其具体操作如下。

① 选择需要链接的一个图层,使其成为当前图层。

② 按住 Ctrl 点击需要链接的另一个图层,然后点击 ▾☰ 后选择"链接图层",将会出现链接图标 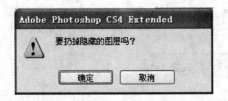,表示链接成功。再次单击该图标则链接被取消。

4.5.3　合并图层

在图形处理过程中,可以通过合并图层来节省内存空间并提高操作速度。

选中要合并的图层,单击图层控制面板中的 ▾☰ 按钮,弹出如图 4 - 26 所示的快捷菜单,其中各选项的含义如下。

选择"向下合并"命令,被链接的图层合并到最下面的一个图层中。

选择"合并可见图层"命令,将图层中除被隐藏图层外的所有图层合并在一起。

选择"拼合图像"命令,可将图层中所有的图层合并为背景,如果图层中有隐藏图层,则会弹出提示框,如图 4 - 27 所示。单击 确定 按钮会扔掉隐藏图层的内容然后合并可见图层,单击 取消 按钮将取消"拼合图像"命令的执行。

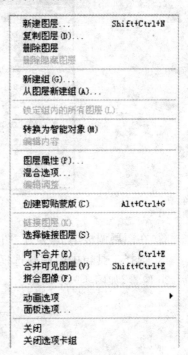

图 4 - 27

图 4 - 26

4.5.4　剪贴组

图层剪贴组是若干图层的组合。利用剪贴组可以使多个图层共用一个蒙版。只有上下相邻的图层才可以组成剪贴组。在剪贴组中,最下面的图层叫做"基底图层",它的名字下边有一条下划线,其他图层的缩略图是缩进的,而且缩略图左边有个口标记。基底图层是整个图层剪切组中其他图层的蒙版。创建和删除图层剪贴组的具体操作如下。

创建:按住 Alt 键,单击两个图层之间的区域,即可创建图层剪贴组。

删除:按住 Alt 键,单击两个图层之间的区域,即可创建图层剪贴组。

4.6 综合实例——奥运五环

利用 Photoshop CS4 制作奥运五环的制作过程如下。

① 新建一个背景色为白色的 RGB 文件,如图 4-28 所示。

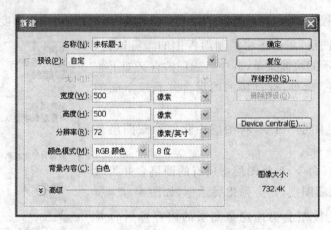

图 4-28

② 在图层调板单击,新建"图层 1"。

③ 选择工具箱中的椭圆选框工具,并在选框选项面版中设定样式为"固定大小",宽高均为 120 像素,如图 4-29 所示。

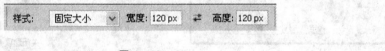

图 4-29

④ 单击鼠标左键即可圈选出一个固定大小的圆形选择区域,再使用油漆桶工具将之填充为蓝色,如图 4-30 所示。

⑤ 单击选区工具,将鼠标移到选区内部,单击右键,在弹出的快捷菜单中选择"变换选区"。如图 4-31 所示。

⑥ 在选项栏中按下"锁定长宽比"按钮,将宽度和高度调整为 80%,如图 4-32 所示。按下回车确定。

⑦ 按下 Del 键,删除选区内的图像,然后取消选区。如图 4-33 所示。

⑧ 确认"图层 1"为当前编辑层,再同时按住 Ctrl 和 Alt 键并在画布中随意拖动四次,这时"图层 1"中的蓝色圆环被复制了四份并建立了四个副本图层,如图 4-34 所示。

图 4-30

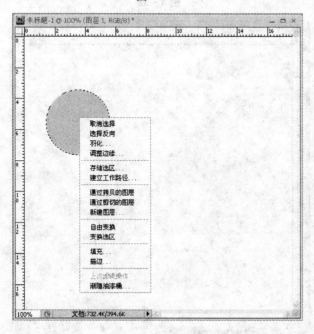

图 4-31

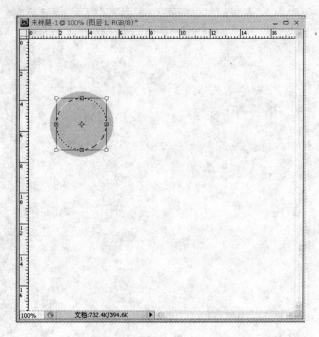

图 4 - 32

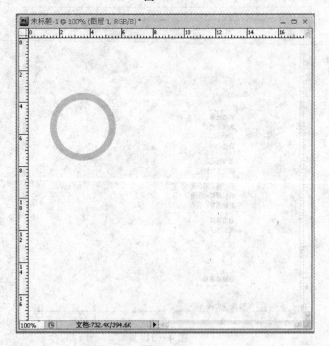

图 4 - 33

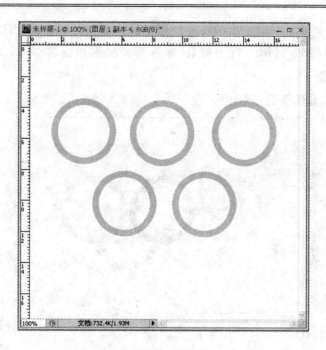

图 4－34

⑨ 使用油漆桶工具依次将图层 1 的四个副本填充为黑、红、黄、绿，注意当填充时必须按下 Ctrl 键，点击该图层缩略图，将当前图层的选区载入，如图 4－35 所示。

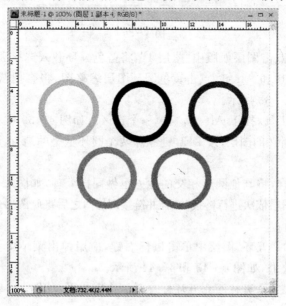

图 4－35

⑩ 使用移动工具把各个图层中的圆环按照奥林匹克五环标志的形式摆放：第一行中的蓝、黑、红三环互不相交，但第二行中的黄、绿环却要分别和蓝、黑环以及黑、红环相交，如图4－36所示。

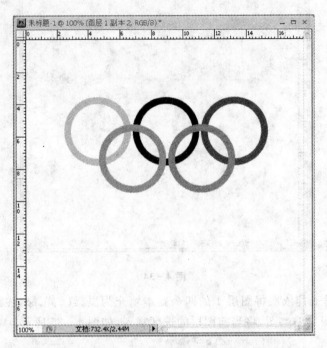

图 4－36

⑪ 按住 Ctrl 键并点击图层面版中"图层1"，将蓝色圆环载入选择区域，如图4－37所示。

⑫ 按下 Ctrl＋Shift 和 Alt 键，点击黄色圆环图层缩略图，将会把蓝色和黄色圆环交集处创建成为选区。如图4－38所示。

⑬ 选择椭圆选框工具，按下 Alt 键，减掉一个选区。如图4－39所示。

⑭ 回到黄色圆环所在的图层，按 DEL 键删除两个圆环重叠的地方，取消选区。如图4－40所示。

⑮ 重复步骤⑪－⑭，将其他圆环相交的地方也做同样处理，如图4－41所示。

⑯ 将五环所在的图层依次进行链接并"合并链接图层"，之后将此图层命名为五环，如图4－42所示。

⑰ 在图层面版中的"五环"图层中单击鼠标右键，应用弹出菜单中的"应用选项"命令，为五环加上阴影和浮雕效果，如图4－43和4－44所示。

⑱ 合并所有图层之后，奥林匹克五环标志就制作完成了，如图4－45所示。

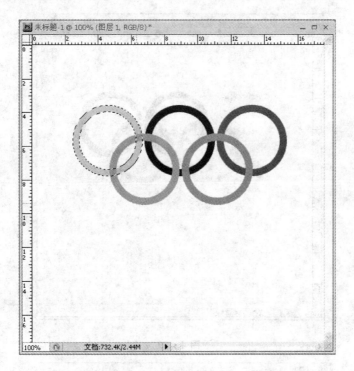

图 4 - 37

图 4 - 38

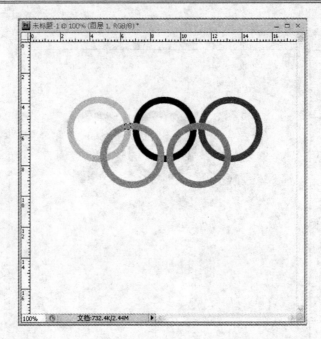

图 4 - 39

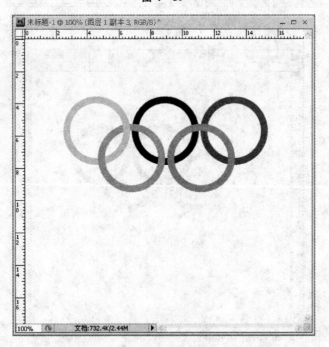

图 4 - 40

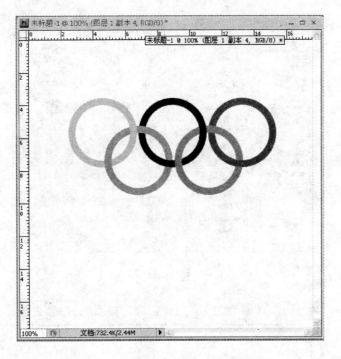

图 4 – 41

图 4 – 42

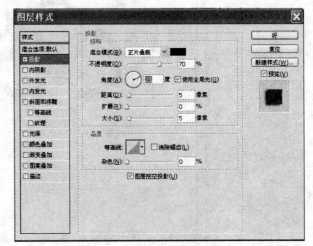

图 4 – 43

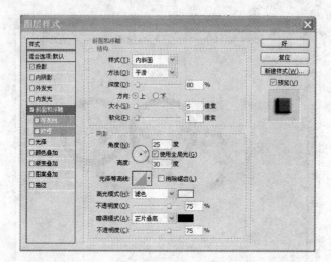

图 4 - 44

图 4 - 45

第 5 章　图层的样式和效果

5.1　图层样式

在 Photoshop CS4 中可以对图层添加包括阴影、发光、斜面和浮雕等在内的各种样式效果。

单击图层控制面板下方的"添加图层样式"按钮 *fx.*，在弹出的快捷菜单中选择需要的效果命令，然后在弹出的对话框中进行参数设置。也可以选择"图层"→"图层样式"命令，在其子菜单中选择相应的图层样式效果命令。

在图层控制面板中添加了图层效果的图层右侧会显示一个 *fx.* 图标，如图 5-1 所示，表示该图层添加了图层样式效果，单击该图标右侧的 ▾ 图标，可以显示该图层所添加的全部图层样式效果，如图 5-2 所示。

图 5-1

图 5-2

5.2　应用图层样式

5.2.1　投影效果

单击图层控制面板下方的 *fx.* 按钮，在弹出的快捷菜单中选择"投影"命令，弹出如图 5-3

所示的"图层样式"对话框,各选项含义如下。

● "混合模式"下拉列表框 混合模式(B): :在其中可以设置添加的阴影与原图像合成的模式,单击该选项后面的色块■■■,在弹出的"拾色器"对话框中可以设置阴影的颜色。

● "不透明度"文本框 不透明度(O): :用于设置阴影的不透明程度。

● "角度"文本框 角度(A): :用于设置产生阴影的角度,可以直接输入角度值,也可以拖动指针进行旋转来设置角度值。

● 复选框 ☑使用全局光(G) :选中该复选框,则图像中的所有图层效果使用相同光线照入角度。

● "距离"文本框 距离(D): :用于设置暗调的偏移量,值越大偏移量就越大。

● "扩展"文本框 扩展(R): :用于设置阴影的扩散程度。

● "大小"文本框 大小(S): :用于设置阴影的模糊程度,数值越大阴影越模糊。

● "等高线"下拉列表框 等高线 :用于设置阴影的轮廓形状,可以在其下拉列表框中进行选择。

● ☑消除锯齿(L) 复选框:用于设置阴影的边缘是否具有抗锯齿波的效果。

● "杂色"文本框 杂色(N): :用于设置是否使用噪声点来对阴影进行填充。

设置完成后,单击 确定 按钮,即可为图层添加投影效果。

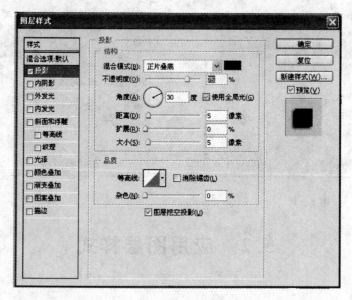

图 5 - 3

5.2.2　内投影效果

单击图层控制面板下方的 fx 按钮,在弹出的快捷菜单中选择"内阴影"命令,弹出如图 5-4 所示的对话框,其中的各项参数设置与"投影"效果的设置完全相同。

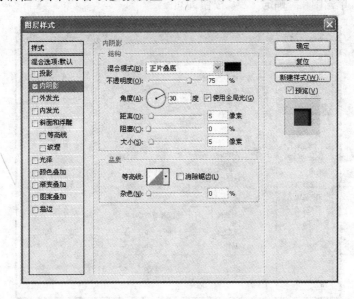

图 5-4

5.2.3　发光效果

在 Photoshop CS4 中提供了外发光和内发光两种发光效果。其中"外发光"效果可以在图像边缘的外部添加发光效果,"内发光"效果可以在图像边缘的内部添加发光效果。

1. 外发光效果

单击图层控制面板下方的 fx 按钮,在弹出的快捷菜单中选择"外发光"命令,弹出如图 5-5 的"图层样式"对话框,各选项含义如下。

● ◎□单选项:选中该单选项,则使用一个单一的颜色作为发光效果的颜色,单击其中的色块,在打开的"拾色器"对话框中可以选择其他颜色。

● ◎▭单选项:选中该单选项,则使用一个渐变颜色作为发光效果的颜色,单击其中的色块,在打开的"渐变编辑器"对话框中可以选择其他的渐变颜色。

●"方法"下拉列表框 方法(Q)：用于设置对外发光效果应用的柔和技术，选择"较柔和"选项可使外发光效果更柔和。

●"范围"文本框 范围(R)：用于设置光的轮廓范围。

●"抖动"文本框 抖动(J)：用于在光中产生颜色杂点。

设置完成后，单击 确定 按钮即可。

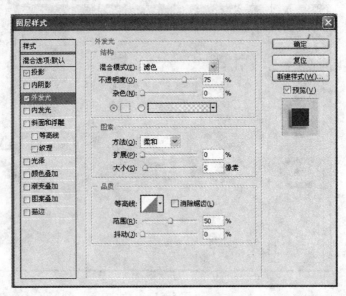

图 5 - 5

2. 内发光效果

单击图层控制面板下方的 fx. 按钮，在弹出的快捷菜单中选择"外发光"命令，弹出如图 5 - 6 所示对话框，与"外发光"效果的对话框类似，只是产生的光效果方向不同。其中 居中(E) 单选项表示光线将从图像中心向外扩展，边缘(G) 单选项表示将从边缘内侧向中心扩展。

5.2.4　斜面和浮雕效果

单击图层控制面板下方的 fx. 按钮，在弹出的快捷菜单中选择"斜面和浮雕"命令，弹出如图 5 - 7 所示的"图层样式"对话框，各选项含义如下。

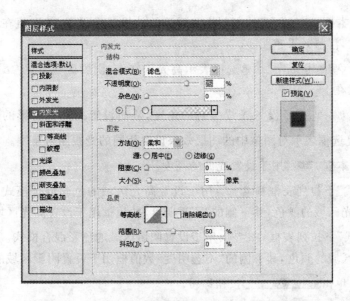

图 5－6

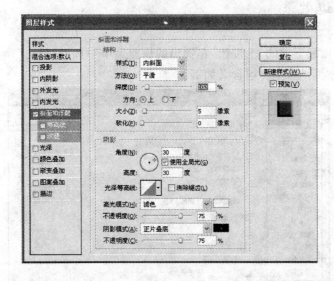

图 5－7

● "样式"下拉列表框 样式(T)：用于选择斜面和浮雕的具体形态,包含"外斜面"、"内斜面"、"浮雕效果"、"枕状浮雕"和"描边浮雕"5 个选项。

● "方法"下拉列表框 方法(Q)：有 3 个选项,其中"平滑"选项是一种平滑的浮雕效果,"雕刻清晰"是一种硬的雕刻效果,"雕刻柔和"是一种软的雕刻效果。

● "深度"文本框 深度(D)：用于控制斜面和浮雕的效果深浅程度，其取值在 0%～1 000%之间，设置的值越大，浮雕效果越明显。

● "方向"栏 方向：其中，⊙上 单选项表示高光区在上，阴影区在下。⊙下 单选项表示高光区在下，阴影区在上。

● "角度"栏 角度(N)：用于设置光线照射的角度，从而设置高光和阴影的位置。其下方的 ☑使用全局光(G) 复选框表示对图像中的图层效果设置相同的光线照射角度。

● "高度"文本框 高度：用于设置光源的高度。

● "高光模式"下拉列表框 高光模式(H)：用于设置高光区域的色彩混合模式。其右侧的颜色方框用于设置高光区域的颜色，其下侧的"不透明度"数值框用于设置高光区域的不透明度。

● "阴影模式"下拉列表框 阴影模式(A)：用于设置阴影区域的色彩混合模式。其右侧的颜色方框用于设置阴影区域的颜色，其下侧的"不透明度"数值框用于设置阴影区域的不透明度。

设置完成后，单击 确定 按钮即可。

5.2.5　描边效果

单击图层控制面板下方的 fx. 按钮，在弹出的快捷菜单中选择"描边"命令，弹出如图 5 - 8 所示的"图层样式"对话框，主要项含义如下。

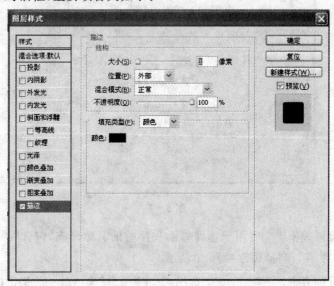

图 5 - 8

● "位置"下拉列表框 位置(P)：用于设置描边的位置，可以选择"外部"、"内部"或者"居中"3种位置类型。

● "填充类型"下拉列表框 填充类型(F)：用于设置描边填充的内容类型，包括"颜色"、"渐变"和"图案"3种类型。

5.3　编辑和管理图层样式

5.3.1　保存图层样式

保存图层样式有3种方法，具体介绍如下。

① 在已添加图层样式的图层上单击右键，选择"拷贝图层样式"命令，然后将鼠标移到"样式"调板内样式图案之上，单击鼠标右键，会弹出如图5-9所示的菜单，再单击该菜单中的"新样式"命令，即可弹出"新样式"对话框，如图5-10所示。给样式命名和进行设置后，单击 确定 按钮，即可在"样式"调板内样式图案的最后边增加一种新的样式图案。

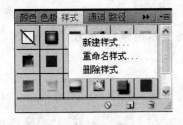

图 5-9

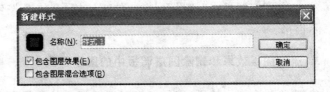

图 5-10

② 在已添加图层样式的图层上单击右键，选择"拷贝图层样式"命令，然后将鼠标移到"样式"调板内样式图案之上，单击 按钮，选择"新建样式"命令，给样式命名和进行设置后，单击 确定 按钮即可。

③ 单击图5-3所示"图层样式"对话框内的"新建样式"命令 新建样式(W)...，也可以调出"新建样式"对话框。给样式命名和进行设置后，单击 确定 按钮即可。

5.3.2　管理和编辑图层样式

1. 复制和粘贴图层样式

复制和粘贴图层样式的操作可以将一个图层的样式复制添加到其他图层中。

（1）复制图层样式的方法

● 将鼠标指针移到添加了图层样式的图层或其样式层之上，单击鼠标右键，弹出其快捷菜单，在单击"拷贝图层样式"命令，即可复制图层样式。

● 单击选中添加了图层样式的图层，选择"图层"→"图层样式"→"拷贝图层样式"命令，也可复制图层样式。

（2）粘贴图层样式的方法

● 将鼠标指针移到要添加图层样式的图层之上，单击鼠标右键，弹出其快捷菜单，在单击"粘贴图层样式"命令，即可给选中的图层添加图层样式。

● 单击选中要添加图层样式的图层，选择"图层"→"图层样式"→"粘贴图层样式"命令，也可给选中的图层粘贴图层样式。

2. 隐藏和显示图层

① 隐藏图层效果：单击图层调板内效果名称层左边的 👁 按钮，使它消失，即可隐藏该图层效果；单击图层调板内"效果"层左边的 👁 按钮，使它消失，即可隐藏所有的图层效果。

② 隐藏图层的全部效果：单击"图层"→"图层样式"→"隐藏所有效果"命令，可以将选中的图层的全部效果隐藏，即隐藏图层样式。

③ 单击图层调板内"效果"层左边的 ▢ 按钮，会使 👁 按钮显示出来，同时使隐藏的图层效果显示出来。

3. 删除图层效果和删除图层调板中的图层样式

① 删除一个图层效果：用鼠标将图层调板内的效果名称层如 ▨ 效果 ▨ 描边 拖移到"删除图层"按钮上，再松开鼠标左键，即可将该效果删除。

② 删除一个或多个图层效果：选中要删除图层效果的图层，在弹出"图层样式"对话框，然后取消该对话框"样式"栏目复选框的选取。如果取消复选框的选取，可删除全部图层效果。

③ 删除图层调板中的图层样式：单击选中添加了图层样式的图层，再单击鼠标右键，弹出其快捷菜单，单击菜单中的"删除图层样式"命令，即可删除全部图层效果，即添加的图层样式。

还可以单击"图层"→"图层样式"→"清除图层样式"命令，或者单击"样式"调板中的"清除样式"按钮 ⊘ 来删除选中图层的图层样式。

5.4　综合实例——玉手琢

利用 Photoshop CS4 制作玉手琢过程如下。

① 新建一个 500×500 像素的文件，白色背景，颜色模式选择 RGB，其他参数默认即可，如

图 5－11 所示。

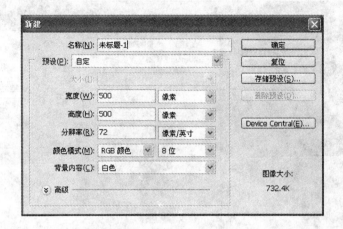

图 5－11

② 点击图层调板下方的创建新图层的按钮 ▣，得到"图层 1"，如图 5－12 所示。

③ 按 D 键设置前景色和背景色为默认的黑白色，再单击选择"滤镜"→"渲染"→"云彩"命令，接着再单击选择"选择"→"色彩范围"命令，在弹出的"色彩范围"对话框中，用吸管单击一下图中的灰色，并调整颜色容差到图像显示出足够多的细节时，单击 ▭ 确定 ▭ 按钮，如图5－13。

④ 在工具箱中单击前景色设置，在弹出的"拾色器"对话框中，将色条拉到绿色中间，用吸管点击一下较深的绿色，如图 5－14 所示。

⑤ 按 Alt＋Delete 键，以前景色填充选区，效果如图5－15 所示。

⑥ 按 Ctrl＋D 取消选择。用鼠标从标尺处拉出参考线（注意：拉到近中间 1/2 处时，参考线会抖动一下，这时停下鼠标，即是水平或垂直的中心线）拉出相互垂直的两条参考线后，拉出相互垂直的两条参考线后，图像的中心点就确定了，如图5－16所示。

图 5－12

⑦ 接下来选用椭圆选框工具，在图中绘制。用椭圆选框工具在中心点按住，再按 Shift＋Alt 键，然后拖动鼠标绘制一个以中心参考点为圆心的圆形选区，如图 5－17 所示。

图 5 - 13

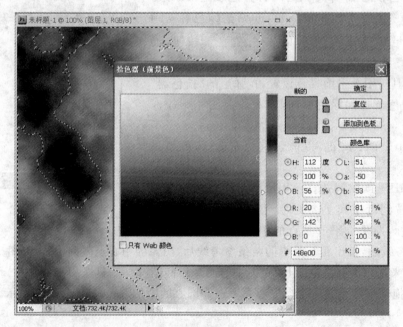

图 5 - 14

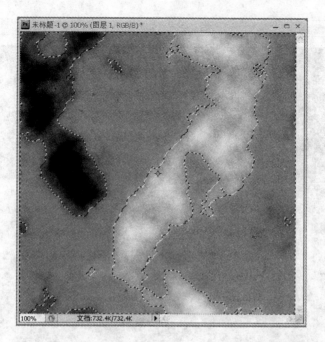

图 5 - 15

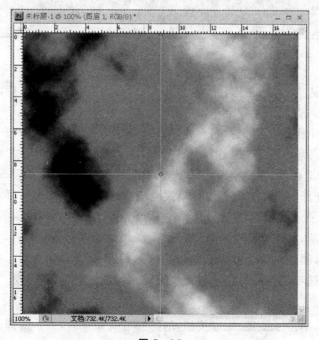

图 5 - 16

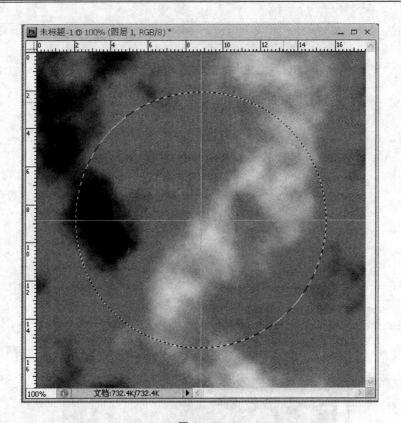

图 5-17

⑧ 再次用椭圆选框工具,在工具属性栏上单击"从选区减去"按钮，按第⑦步方法绘出一个比较小些的圆形选框,最后得到一个环形选区,如图 5-18 所示。

⑨ 按 Ctrl+Shift+I 键反选选区,再按 Delete 键删除,得到如图 5-19 所示的效果。

⑩ 双击"图层 1"缩略图,弹出"图层样式"对话框,选中"斜面与浮雕"命令,如图设置各个参数,所有参数不是定数,可以观察着图像反复调整,直到满意为止,如图 5-20 所示。

⑪ 接着选择"光泽"项,注意设置混合模式色块为绿色,距离和大小可观察着图像调整,满意为止,如图 5-21 所示。

⑫ 设置投影选项,如图 5-22 所示。

⑬ 设置内发光,圈处色块设置为绿色,如图 5-23 所示。

⑭ 设置完上述选项后,再次回到"斜面浮雕"命令,设置下方"阴影模式"的色块为绿色,如图 5-24 所示。

⑮ 设置完成后,单击 确定 按钮,清除参考线和选区,玉手镯即制作完成了,效果如图 5-25 所示。

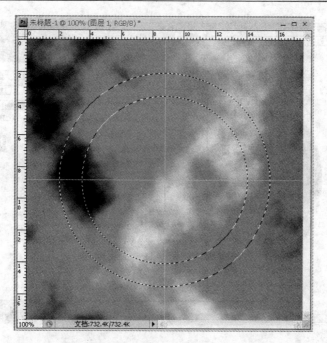

图 5 - 18

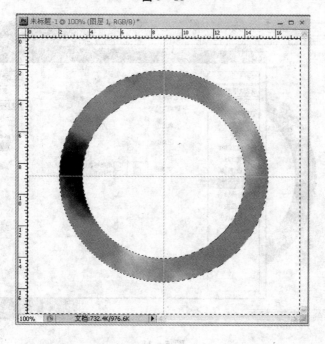

图 5 - 19

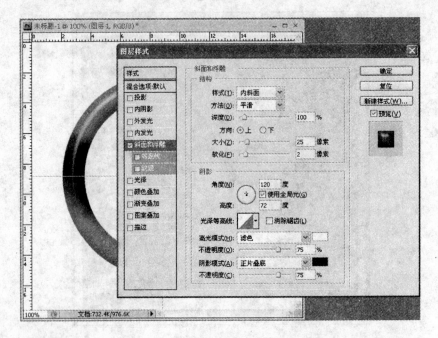

图 5 - 20

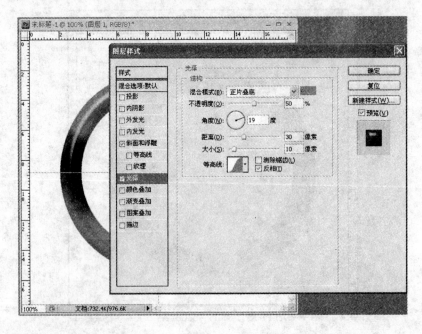

图 5 - 21

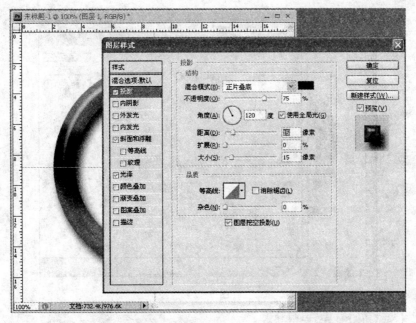

图 5－22

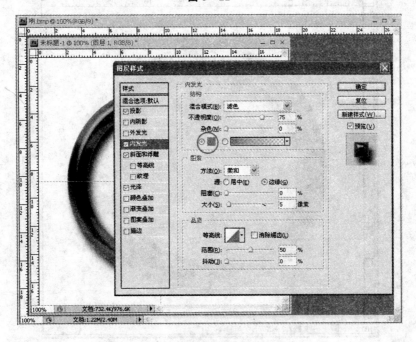

图 5－23

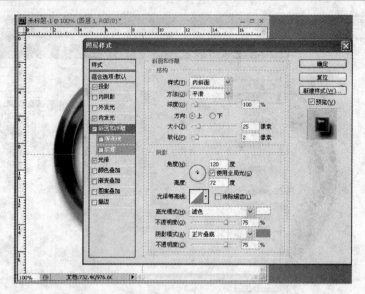

图 5 - 24

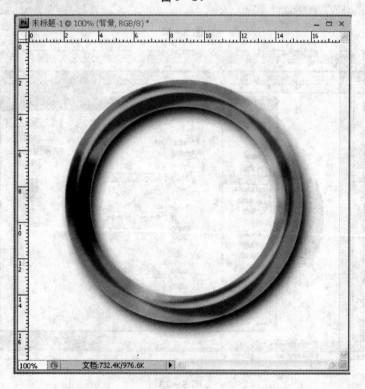

图 5 - 25

第6章　图像色调和色彩的调整

Photoshop 最神奇的功能在于对色彩的调整和创造,正因为这个原因,使它成为当今图像处理软件的霸主,尝试一下,就会发现 Photoshop 的色彩调整能力让人吃惊。无论是黑白照片转换为彩色照片还是艳丽的照片变成积极抽象艺术美丽的版画,这一切都要归功于 Photoshop 有一套完整的色彩调整工具,Photoshop 的色彩调整工具都集中在"图像菜单"→"调整菜单"下,具体色彩调整工具菜单如图6-1所示。在这一章的学习中你将会充分体会到 Photoshop 魔术般的色彩调节能力给你创作所带来的乐趣。

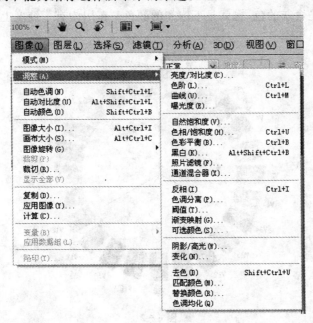

图 6-1

6.1　色彩理论基础

眼睛看到的各种色彩现象都具有色相、明度、纯度三种属性,对色彩三要素的理解和掌握是认识色彩的基础,只有熟悉色彩三要素的特征,认真地感受它们在不同量和秩序中所展示的面貌,才有可能掌握色彩的规律并将其应用于日常的创作中。

在油彩系列中,能够区分出红、橙、黄、绿、蓝、紫等不同特征的色彩,这些色彩特征是由不同波长决定的。人们用不同的名称定义这些不同感觉的面貌,当称呼到某一种颜色的名称时,如"红色",人们的头脑中就会想像出这种颜色的面貌来,这就是色相的概念,如图 6-2 所示。

任何一种颜色都有自己的明暗特征。从光谱色上可以看到最明亮的颜色是黄色,处于光谱的中心位置。最暗的色是紫色,处于光谱的边缘。一个物体表面的光反射率越大,对视觉刺激的程度就越大,看上去就越亮,这一颜色的明度就越高,所以明度是表示颜色的明暗特征。由于明度不等,不同颜色对视觉刺激的程度也不一样,所以明度涉及色彩"量"方面的特征。色相与纯度脱离了明度是无法显现的。

纯度指的是颜色的纯净程度。同一种色相,有时看上去是鲜艳的,有时看上去不是很鲜艳。不同色相不仅明度不同,纯度也不相同。红色是纯度最高的色相,蓝绿是纯度最低的色相。在观察中,最纯的红色比最纯的蓝绿色看上去要更加鲜艳。在日常的视觉范围中,眼睛看到的色彩绝大部分是含灰的色,也就是不饱和的颜色。正因为有了纯度上的变化,才使世界上有如此丰富的色彩。

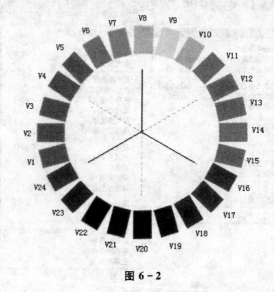

图 6-2

6.2　图像明暗的调整

6.2.1　色阶调节

"色阶"调节面板(如图 6-3 所示)是根据图像中每个亮度值(0~255)处的像素点的多少进行区分的。面板上右边的白色三角滑块控制图像的深色部分,左边的黑色三角滑块控制图像的浅色部分,中间那个灰色三角滑块则控制图像的中间色。移动滑块可以使通道中(被选择的通道)最暗和最亮的像素分别转变为黑色和白色,以调整图像的色调范围,因此可以利用它调整图像的对比度:左边的黑色三角滑块向右移,图像颜色变深,对比变弱(右边的白色滑块向左移,图像颜色变浅,对比也会变弱)。两个滑块各自处于色阶图两端则表示高光和暗部。至于中间的灰色三角滑块是用来衡量图像中间调的对比度。将灰色三角滑块向右移动,可以使中间调变暗,向左移动可使中间调变亮。

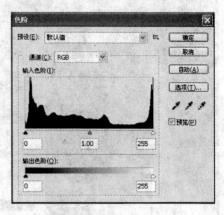

图 6 - 3

　　预设值中有对色阶几种模式的固定调整(新增功能)。通道下拉列表中的各个选项(如图 6 - 4 所示)可以对复合通道或者单色通道进行分别调整。

　　"输出色阶"可以用数值控制,也可以用滑块控制,它有两个滑块:一个是黑色,一个是白色。黑色三角滑块控制图像暗部的对比度,白色三角滑块控制图像亮部的对比度。下面通过一个例子说明。

图 6 - 4

　　① 选择一幅图,打开色阶对话框。

　　② 单击预览复选框,从而可以随时看到图像的变化。

　　③ 将左边的滑块移向中心,图像将变亮;将右边的滑块移向中心,图像将变暗。色阶变化引起的明暗变化如图 6 - 5 所示。

　　④ 单击确定,完成调整。

图 6 – 5

6.2.2　曲线色彩调节

　　"曲线"调整的对话框如图6-6所示,其中通道下拉列表选项栏和色阶相同,可以通过这里对通道进行选择,使用方法也同"色阶"一样。当打开曲线色彩调整对话框时,曲线图中的曲线处于缺省的"直线"状态。曲线图有水平轴和垂直轴,水平轴表示图像原来的亮度值,相当于色阶中的输入项;垂直轴表示新的亮度值,相当于色阶对话框中的输出项。预设值中有对曲线几种模式的固定调整(新增功能)。

　　(1) 水平轴和垂直轴间的调整

　　水平轴和垂直轴之间的关系可以通过调节对角线(曲线)来控制,具体方法如下。

　　① 将"曲线"调节面板中的曲线右上角的端点向左移动,可以增加图像亮部的对比度,并使图像变亮;端点向下移动,所得结果相反。曲线左下角的端点向右移动,增加图像暗部的对比度,使图像变暗;端点向上移动,所得结果相反。曲线变化引起的明暗变化。如图6-7所示。

　　② 利用"调节点"控制对角线的中间部分。用鼠标在曲线上单击,就可以增加节点。曲线斜度就是它的灰度系数,如果在曲线的中点处添加一个调节点,并将其向上移动,图像则变亮;向下移动这个调节点,图像就会变暗。这实际是调整曲线的灰度系数值,这和色阶对话框中灰色三角形向右拖动降低灰度色阶,向左拖动提高灰度色阶一样。另外,也可以通过输入和输出

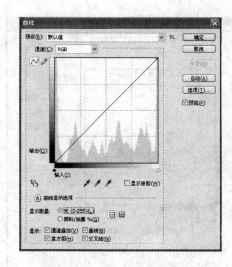
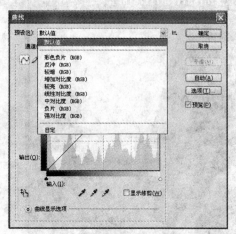

图 6-6

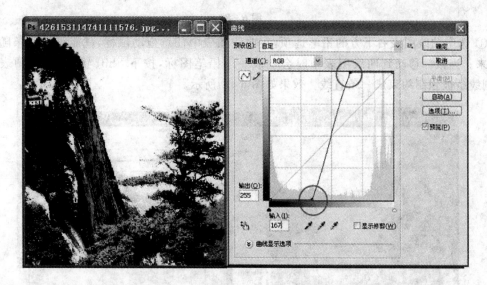

图 6-7

的数值框控制图像的明暗变化。效果如图 6-8 所示。

③ 如果想调整图像的中间调，并且不希望调节时影响图像亮部和暗部的效果，则可先用鼠标在曲线的 1/4 和 3/4 处增加调节点，然后对中间调进行调整。

（2）色阶的调整

色阶的调整主要是通过绘制曲线来完成的，具体方法介绍如下。

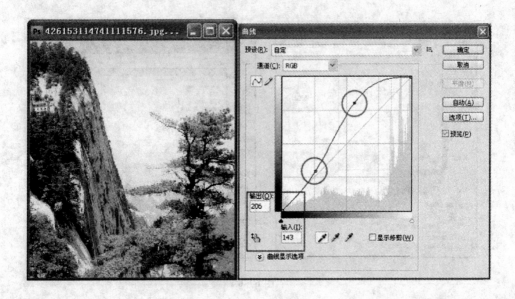

图 6-8

    ① 选中曲线图表右下方的铅笔选项,在曲线图表中任意拖动鼠标,就能画出一条随意的曲线来。当鼠标移动到曲线图表中时会变成一个铅笔图标,按下 Shift 键,同时在图表中单击,则线条被强制约束成一条直线。效果如图 6-9 所示。

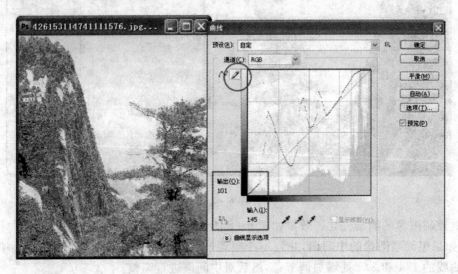

图 6-9

　　② 分别打开一幅 RGB 色彩模式和 CMYK 色彩模式的图像,在两种模式下,曲线对话框如图 6-10 与图 6-11 所示。

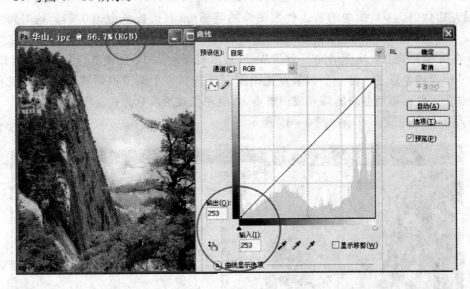

图 6-10

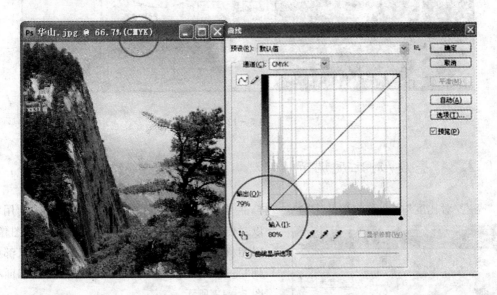

图 6-11

　　在图 6-10 中的 RGB 色彩模式下,这时曲线显示的亮度值范围在 0～255,左边代表图像的暗部(最左边值为 0,即黑色),右边代表图像的亮部(最右边值为 255,即白色)。曲线后面的方格相当于坐标,每个方格代表 64 个像素。

在图 6-11 中的 CMYK 模式下,这时的"曲线"范围为 0%～100%,曲线左边代表图像的亮部(最左边数值为 0),曲线的右边代表图像的暗部(最右边数值为 100%)。这时每个方格为 25%。

③ 在曲线上单击鼠标会增加一个调节点(最多可增加到 14 个调节点)。拖动调节点,就可以调节图像的色彩了。将一个调节点拖出图表或选择一个调节点后按 Delete 键就可以删除调节点。用鼠标拖动曲线的端点或调节点,直到图像效果满意为止。

④ 单击确定完成。效果如图 6-12 所示。

图 6-12

6.2.3 亮度/对比度调节

"亮度/对比度"命令和前面几个命令一样,主要用作调节图像的亮度和对比度。利用它可

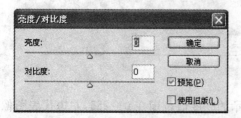

图 6-13

以对图像的色调范围进行调节,一般获取图像(数码相机、扫描图像)后,图像比较灰暗,所以都要用到"亮度/对比度"命令。亮度/对比度调节面板如图 6-13 所示。

拖动对话框中三角形滑块就可以调整亮度和对比度:向左拖动,图像亮度和对比度降低;向右拖动时,则亮度和对比度增加。每个滑块的数值显示有亮度或对比度的值,范围为 100,调整至合适后,单击确定完成。进行亮度/对比度调整后的对比效果,如图 6-14 所示。

图 6-14

6.3 图像色彩调整

6.3.1 色彩平衡调节

"色彩平衡"的调节面板如图 6-15 所示。它能进行一般性的色彩校正,也可以改变图像颜色的构成,但不能精确控制单个颜色成分(单色通道),只能作用于复合颜色通道。

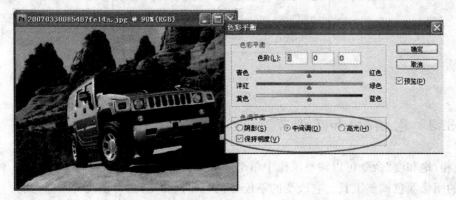

图 6-15

首先要在色调平衡范围选项栏中选择想要重新进行更改的色调范围,其中包括:暗调区域,中间调区域,高光区域。选项栏下边的保持亮度选项可保持图像中的色调平衡。通常,调整 RGB 色彩模式的图像时,为了保持图像的亮度值,都要将此选项选中。

对话框的主要部分是色彩平衡,通过在这里的数值框输入数值或移动三角滑块实现。三角形滑块移向需要增加的颜色,或是拖离想要减少的颜色,就可以改变图像中的颜色组成(增加滑块接近的颜色,减少远离的颜色),与此同时,颜色条旁边的三个数据框中的数值会不断变化(出现相应数值,三个数值框分别表示 R、G、B 通道的颜色变化,如果是 Lab 色彩模式下,这三个值代表 A 和 B 通道的颜色)。将色彩调整到满意,按确定即可。

例:旧照片效果

打开一张 RGB 色彩模式的图片,选择图像"菜单"→"模式"→"灰度命令",将图像中的色彩信息去掉,再选择图像"菜单"→"模式"→"RGB"模式,将灰度模式的图像再转换为 RGB 模式的文件,然后通过色彩平衡命令,对图像进行调节。如图 6-16 所示。

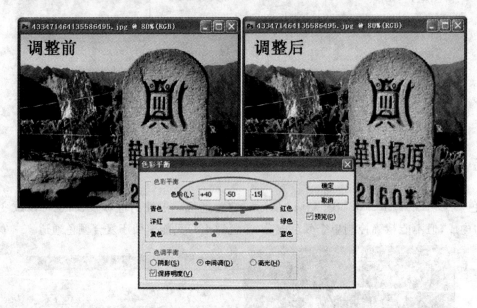

图 6-16

6.3.2　色相/饱和度调节

"色相/饱和度"命令可以调整图像中单个颜色成分的色相、饱和度和亮度,是一个功能非常强大的图像颜色调整工具。它改变的不仅是色相和饱和度,还可以改变图像亮度。

"色相/饱和度"的调节面板如图 6-17 所示。调节面板的底端显示有两个颜色条,它们代表颜色在色条的位置。上面的颜色条显示调整前的颜色,下面的颜色条显示调整后影响所有色相。

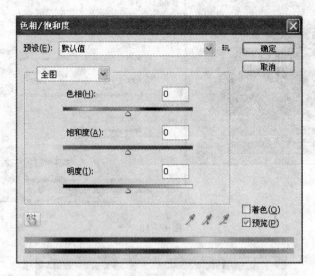

图 6-17

在编辑选项栏菜单中选择调整的颜色范围,默认选择为"全图"时可调整所有颜色,如选择其他范围则针对单个颜色进行修改。如果选择其他颜色范围,调节面板底端的两条颜色条之间会出现一个调整范围,可以用这个调整范围来编辑色彩。确定好调整范围之后,就可以利用三角形滑块调整调节面板中的色相,饱和度和亮度数值,这时图像中的色彩就会随滑块的移动而变化。色相/饱和度的变化引起的色彩变化,如图 6-18 所示。

色相栏中的数据框所显示的数值反映颜色条中从图像原来的颜色变化后的度数。正值表示顺时针旋转,负值表示逆时针旋转,范围是-180~180。

饱和度栏中的数值越大说明色彩的饱和度越高,反之饱和度越低。它所反映的是颜色从颜色条中心处向左右移动或从左右向中心移动后相对应原有颜色值。范围是-100~100。

亮度栏中的数值越大,亮度值越高,反之越低。数值的范围是-100~100。

上述操作是对整个图像的色相、饱和度、明度所做的调整控制,如果事先选取择了图像的局部区域,在操作中就会只对这个区域中的图像进行处理,利用这些功能可以调整出具有特殊效果的图像。

在调节面板中有个"着色"选项,如果选中这个选项,图像就可以变成单色调节功能,在"色相"选项中可以选择色彩,在"饱和度"选项中可以调节色彩的饱和度,在"明度"选项中可以调节图像中色彩的明暗程度。着色选项如图 6-19 所示。

图 6 - 18

图 6 - 19

6.3.3　替换颜色调节

　　"替换颜色"命令的作用是替换图像中的某个区域的颜色,在图像中基于某种特定的颜色来创建临时的蒙版,用来调整图像的色相、饱和度和明度值。替换颜色调节面板如图 6 - 20所示。

　　打开"替换颜色"对话框后,选择对话框中的"选区"选项,此时的预览框呈黑白色显示,运用对话框中的三只吸管单击图像,能得到蒙版所表现的选取区:蒙版区为黑色,非蒙版区域为白色,灰色区域为不同程度的选区。

　　"选区"选项的具体用法是:先设定颜色容差值,数值越大,可被替换颜色的图像区域越大,然后使用对话框中的吸管工具在图像中选取需要替换的颜色。用"＋"号吸管工具连续取色表示增加选取区域,"－"号吸管工具连续取色表示减少选取区域,也可以直接按住 Shift 键增加或 Alt 键减少。

　　设定好需要替换的颜色区域后,在变换栏中移动三角形滑块对色相、饱和度和亮度进行替换,最后确定完成。

　　下面举个例子来说明一下替换颜色的使用。

　　来看图 6－21 所示的这张图片,我们准备把图像中的蓝天的色彩进行变化。

　　选择"图像"→"调整"→"替换颜色"命令。设置选区的容差值为 120,用吸管选项在预览框中选择蓝天的区域,并在变化命令中调节图像的色相、饱和度和明度等。这时可以看到图像中蓝天部分已经发生了变化,如图 6－22 所示。调整好以后,单击确定,完成操作。

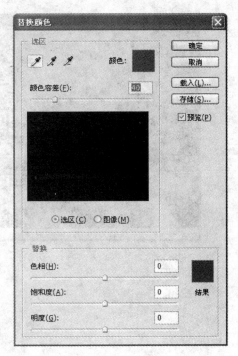

图 6－20

图 6－21

图 6-22

6.3.4　反转、色调均化、阈值、色调分离调节

1. 反转调节

"反转"调节命令能对图像进行反相处理,就像摄影胶片的负片一样,运用这个命令可以将图像转化为负片,或将负片转换为图像。反转命令没有对话框,执行时,通道中每个像素的亮度值会被直接转换为颜色刻度上的相反的值,其他的中间像素值取其对应值。如图 6-23所示。

2. 色调均化调节

"色调均化"命令能重新分配图像中各像素的亮度值,最暗值为黑色(或尽可以相近的颜色),最亮值为白色,中间像素则均匀分布。如果在图像中选择一个区域,执行这个命令时,可以调节器出色调均化对话框,如图 6-24所示。

在对话框内,如果选择色调均化选择区域选项,则命令只作用于所选区域。如果选择整个图像基于选择区域化选项,则参照选区中的像素的情况均匀分布图像中的所有像素。

图 6 - 23

图 6 - 24

3. 阈值调节

"阈值"命令能把彩色或灰阶图像转换为高对比度的黑白图像。可以指定一定色阶作为阈值,然后执行命令,比指定阈值亮的像素会转换为白色,比指定阈值暗的像素会转换为黑色。

阈值对话框中的直方图显示当前选区中像素亮度级,阈值调节面板如图 6 - 25 所示。拖动直方图下的三角形滑块到适当位置,也可以在顶部数据框中输入数值,单击确定完成。阈值效果对比如图 6 - 26 所示。

4. 色调分离调节

"色调分离"命令是把相近色彩进行归纳整理,加强色彩的对比度,很像套色版画的效果。

图 6 – 25

图 6 – 26

    "色调分离"命令对话框如图 6 – 27 所示，在其中输入色阶数值，数值越小，分离效果越明显，反之效果不明显。设置完数值后单击"确定"按钮完成，效果对比如图 6 – 28 所示。

图 6 – 27

图 6－28

6.3.5　变化色彩调节

在进行调整时,效果最显著的变化就是直接比较图像调整前后的差异。Photoshop 中,执行这种操作的命令就是"变化",这是颜色调整菜单中的最后一项。"变化"实际上是由几个图像调整工具组合而成的一个容易使用的命令。可以用该命令调节图像的色相和亮度,通过缩略图来观察对比效果,然后用鼠标单击最满意的那个缩略图。

变化调节对话框(如图 6－29 所示)右上角的选项分别为暗调、中间调、高光和饱和度,对

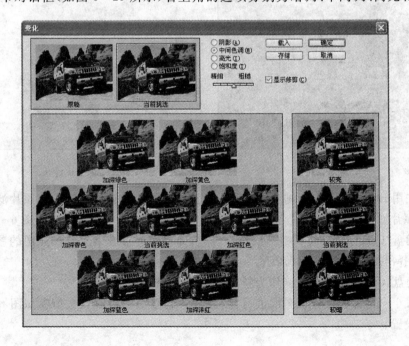

图 6－29

它们分别进行调整,然后移动精细和粗糙之间的三角滑块以确定每次调整的数量(滑块移动一格,调整的数量则双倍增加)。

　　对话框顶部的两个缩略图分别为原图像和调整效果的预视图。右面的缩略图是用来调整图像亮度的,鼠标单击其中一个缩略图,所有缩略图就会随之改变。中间的缩略图是反映当前的调整状况的。下面各图分别代表增加某色后的情况,如果要在图像中增加颜色,只需单击相应的颜色缩略图就可以了。如果要从图像中减去颜色,单击其他颜色缩略图,其他的色彩增加,原先的色彩就会减少了。

　　如果在调整的过程中觉得颜色调整得有问题,要返回原始图像时,可以按住 Alt 键的同时在话框中的原始图像上单击鼠标左键,便可将图像返回到原始图像。

　　Photoshop CS4 中还有很多其他的色彩调整命令,比如"照片滤镜"、"曝光度"、"阴影/高光"等,掌握起来比较容易,只要遵循色彩艺术规律,就能使图像的色彩和色调更为完善。

6.4　综合实例——调整偏色的照片

　　下面介绍利用 Phtoshop CS4 来调整偏色的照片的详细步骤。图 6-30 是偏色的原始照片,图 6-31 为校正后的照片。

　　　　　图 6-30　　　　　　　　　　　　　　　　　　图 6-31

　　① 首先用 Photoshop 打开图片,鼠标单击"图层"→"新建调整图层"→"照片滤镜"为图片添加一个"照片滤镜"调整图层。参照"照片滤镜"调整其参数,单击确定。如图 6-32 所示。

　　② 按键盘"Ctrl"+"E"将调整图层拼合,然后选择多边形套索工具参照图的参数,把猫的五官部分选择出来。如图 6-33 所示。

　　③ 按键盘"Ctrl"+"J"将选区作为新图层建立,如图 6-34 所示。

　　④ 如图 6-35 所示对背景图层进行"图象"→"调整"→"色阶",数值参照图 6-35 中"色阶"面板的设置。

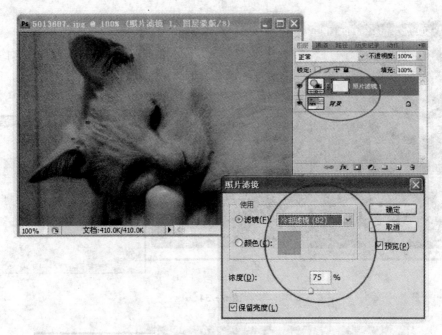

图 6-32

图 6-33

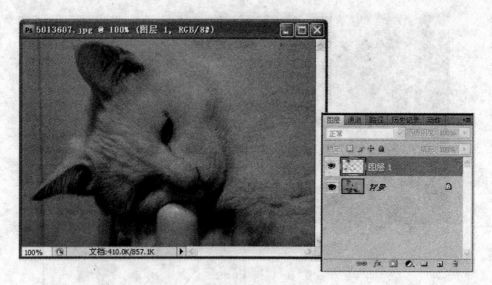

图 6 - 34

图 6 - 35

⑤ 如图 6-36 所示对背景图层进行"图象"→"调整"→"曲线",数值参照图 6-36 中"曲线"面板的参数设置。

图 6-36

⑥ 如图 6-37 所示将图层 1 的图层混合模式改为"柔光"并对其进行"图象"→"调整"→"色相饱和度"的调整。

⑦ 选择橡皮擦工具如图 6-38 所示,选用合适笔触及不透明度,将图层 1 猫五官多余的部分进行擦除。修整好以后合并图层保存文件即可。校正后的照片如图 6-31 所示。

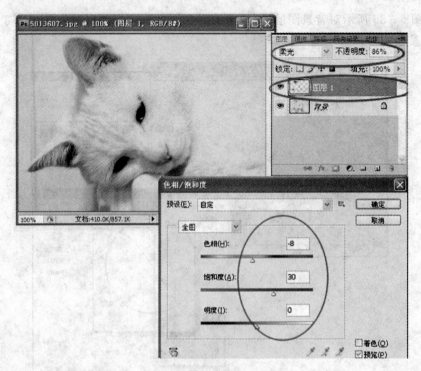

图 6－37

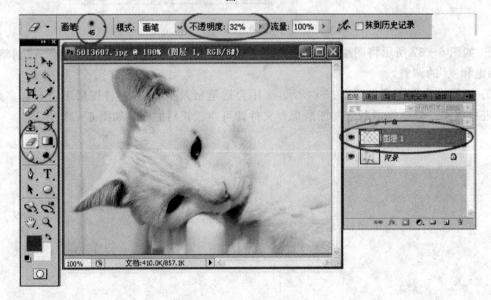

图 6－38

第7章 路径和文字

7.1 路径概述

路径是由点、直线或者曲线组成的矢量线条,缩小或放大路径不会影响分辨率和平滑度。路径上的锚点用于标记路径线段的端点。在曲线中,每个选择的锚点显示一个或两个方向,移动它们可改变路径中曲线的形状。路径允许是不封闭的开放状,如果把起点与终点重合绘制就可以得到封闭的路径。锚点及其方向线和控制点之间的关系如图7-1所示。

利用路径工具,用户可绘制路径线条,由于这些路径线条非常容易调整,并可对其进行填充和描边,从而可以完成一些无法用基本绘图工具单独完成的工作。路径工具在需要手工绘制的图形中具有广泛的应用,是必不可少的工具。

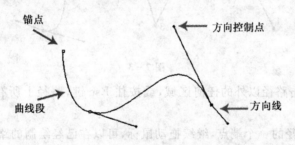

图 7-1

Photoshop 提供了3类用于创建和编辑路径的工具,如图7-2所示。其中图7-2(a)为路径绘制工具,主要用于绘制和修改路径;图7-2(b)为形状路径工具,主要用于绘制特定形状的路径;图7-2(c)为路径选择工具,只用于路径的选择。

图 7-2

7.1.1　钢笔工具组介绍

1. 钢笔工具

选择工具箱中的"钢笔工具",将鼠标放在需要绘制路径的起点位置,然后单击确定第一个锚点 1;选择"下一个"单击,继续添加锚点,可以建立多个直线段相连的路径(1—2—3)。单击锚点 4,并拖动鼠标,即可产生曲线。继续绘制路径,可以建立多段曲线(3—4—5),如图 7 - 3 所示。

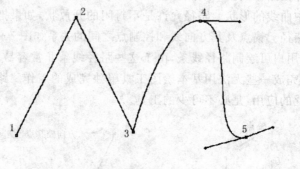

图 7 - 3

按住 Ctrl 键,单击路径以外的任何区域,或按住 Esc 键,路径上所有锚点变小时,本次路径绘制完成。

将光标放置在路径的一个端点,继续拖动鼠标,可以在已经绘制的路径上继续绘制。当光标拖动到路径的起点时,释放鼠标,可以建立闭合的路径。

在绘制路径线条时,可以配合工具属性栏进行更复杂的操作。选中"钢笔工具"后,工具属性栏上将显示有关钢笔工具的属性。"钢笔工具"选项栏如图 7 - 4 所示。

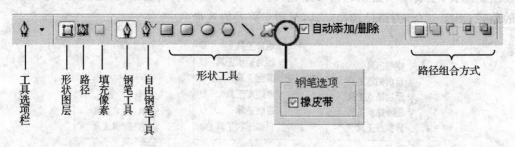

图 7 - 4

工具选项栏中各个参数的意义如下。

● 形状图层:选择此按钮创建路径时,会在绘制出路径的同时建立一个形状图层,即路径内的区域将被填入前景色。

● 路径:选择此按钮创建路径时,只能绘制出工作路径,使用钢笔工具绘制路径时,一定要选中此功能。

● 填充像素:选择此按钮时,直接在路径所在的区域内填入前景色。

● 自动添加/删除:移动钢笔工具鼠标指针到已有路径上,并单击,可以添加一个锚点,而移动钢笔工具鼠标指针到路径的锚点上单击则可删除锚点。

● 橡皮带:选中此选项,在绘制路径时可以动态地显示路径变化。

2. 自由钢笔工具

"自由钢笔工具"与"钢笔工具"的功能基本是一样的,两者的主要区别在于建立路径的操作方式不同,即自由钢笔工具不是通过建立锚点来勾画路径,而是通过绘制曲线来勾画路径的,如图 7-5 所示。

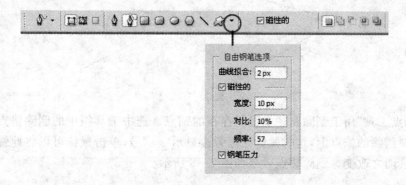

图 7-5

下面介绍工具栏中的几个参数。

● "曲线拟合":控制着路径与光标移动轨迹的重合程度。较低的数值会包含较多的锚点,显然轨迹不够光滑,但更能反映光标的实际移动情况。较高的数值会使生成的路径更加光滑。不同拟合值时路径的曲线拟合如图 7-6 所示。

● "磁性的"选项:可以使用磁性钢笔工具绘制路径。使用磁性钢笔工具绘制路径,程序将自动分辨图像的边缘,并据此来绘制路径。在子选项中还可以对检测范围的宽度、检测边缘的对比度和设置锚点的速度进行设置。

3. 添加和删除锚点

"添加锚点工具"用于在绘制完成的路径上添加锚点。选取工具箱中的添加锚点工具,将鼠标光标放在想要添加锚点的路径上,这时鼠标光标旁边显示"+"号,单击鼠标即可添加锚点,如图 7-7 所示。

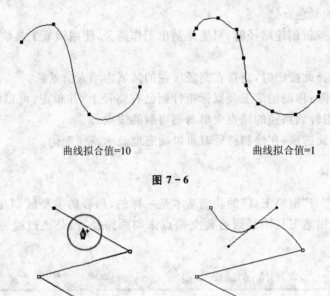

曲线拟合值=10   曲线拟合值=1

图 7-6

图 7-7

　　"删除锚点工具"用于删除路径上已经存在的锚点。选中工具箱中的删除锚点工具,将鼠标光标放在要删除的锚点上,这时鼠标光标旁边显示"-"号,单击鼠标可以将此锚点删除,路径的形状也会随之改变。删除锚点效果如图 7-8 所示。

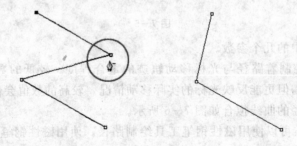

图 7-8

4. 转换锚点

　　"转换锚点工具"可以使锚点在平滑点和角点间进行转换。选中工具箱中的转换锚点工具,然后将光标放在要改的平滑锚点 2 上单击鼠标,可以将其转换为角点。在角点 1 和 3 上单击，并拖动鼠标，调整方向线，可以将角点转换为平滑点。路径锚点的转换如图 7 - 9 所示。

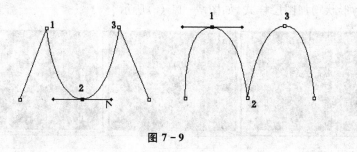

图 7 - 9

7.1.2　形状工具

在 Photoshop CS4 中有许多已经绘制好的图形形状，包括一些基本图形、多边形和自定义形状等，通过对这些形状的属性进行设置或者对它们进行编辑就可以获得满足条件的图形。

1. 形状图层的建立

在 Photoshop 中绘制形状，实质是绘制一个具有矢量蒙版的填充层。这个矢量蒙版可以使用路径工具进行调整修改。由于这些形状是预先绘制好的，可以省去很多工作，而且它们也是非常精确的。使用形状工具绘制形状时，系统会自动增加一个形状图层。

下面我们通过一个实例来说明形状图层的使用方法，具体操作步骤如下。

① 打开一幅素材图像，在工具箱中选择"自定义形状"工具。

② 在打开的工具属性栏中单击"创建新的形状图层"图标按钮，然后在"形状"下拉列表中选择指定图形。

③ 在图像窗口中拖动鼠标，即可绘制出相应的形状。此时图像编辑窗口及图层控制面板如图 7 - 10 所示。由于当前层为红色，因此，形状图层的填充内容为红色。

图 7 - 10

④ "形状图层"是不同于普通图层的特殊图层，在其上可以使用菜单中的"图层"→"更改图层内容"命令调整填充内容，如图 7 - 11(a)所示。在其上使用菜单中的"编辑"→"自由变

换"命令可以改变形状的形式,如图 7-11(b)所示。在其上使用菜单中的"图层"→"图层样式"命令可以为形状增加图层样式,如图 7-11(c)所示。

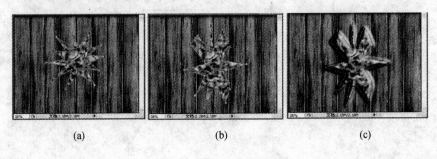

(a)　　　　　　　　　　(b)　　　　　　　　　　(c)

图 7-11

在使用形状图时应注意以下几点。

如果希望将形状图层转换为不带任何蒙版的普通图层,可选择菜单中的"图层"→"栅格化"→"形状"命令。

如果希望将形状图层的内容转换为带有矢量蒙版的普通图层,可选择菜单中的"图层"→"栅格化"→"填充内容"命令。

如果希望将形状图层的矢量蒙版转换为普通蒙版,可选择菜单中的"图层"→"栅格化"→"矢量路径"命令。

2. 基本形状的绘制

在 Photoshop 中,系统提供的形状工具可分为两类,一类是矩形、圆角矩形、椭圆、多边形及直线等基本形状,一类是为数众多的自定义形状。

(1) 绘制基本图形

基本图形主要包括矩形形状、圆角矩形形状和椭圆形状。

在工具箱中按下矩形形状按钮时,其工具属性栏如图 7-12 所示,通过工具属性栏中可设置以下选项:"不受约束"绘制任意形状矩形;"方形"绘制正方形;"固定大小"绘制所设置大小

图 7-12

的矩形；"比例"绘制所设置比例的矩形；"从中心"以绘制起点为中心绘制图形；"对齐像素"绘制图形时便于对齐。

绘制圆角矩形和椭圆的属性设置与矩形绘制的属性设置基本相同，在此不再详述。

（2）绘制多边形

在工具箱中选中多边形工具，其属性工具栏出现在屏幕上方。在其中的"边"编辑框可设置多边形的边数，单击其中的选项按钮，可弹出"多边形"对话框，可设置如下几个选项。

"半径"可设置多边形的外接圆的半径；"平滑拐角"用于控制是否对多边形的夹角进行平滑处理；"缩进边依据"用于控制多边形的内凹的程度（1%～99%）；"平滑缩进"用于控制内凹是否平滑。如图7-13所示为多边形各选项的作用。

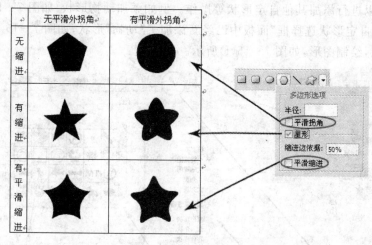

图7-13

（3）绘制直线

在直线形状工具属性栏中，可设置直线的"宽度"、"箭头"及箭头的"宽度"、"长度"和"凹度"。如图7-14所示是使用该工具绘制出的直线样式。

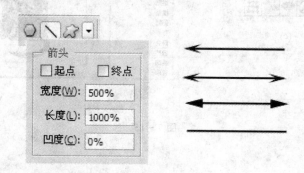

图7-14

3. 自定形状的使用

用户可以自己选择自定义的形状,使用方法和操作步骤如图 7-15 所示。

① 在工具箱中单击"自定形状工具",将出现形状工具属性栏,如图 7-15(a)所示。

② 在形状工具属性栏中选择"形状绘制方式"选项后,将出现一个"自定形状选项"设置框,选择自定形状绘制方法,如图 7-15(b)所示。

③ 单击"自定形状选择器"图标按钮将打开"自定形状选择框",在该选择框中选择自定形状,如图 7-15(c)所示。

④ 如果没有合适的自定形状,可以在"自定形状选择框"面板中单击"展开"图标按钮,出现下拉菜单,可以进行添加其他自定形状等操作。例如添加动物形状,如图 7-15(d)所示。

⑤ 此时在"自定形状选择框"面板中已经新添加了"动物"形状,如图 7-15(e)所示,选择其中一个猫形状,绘制图形,如图 7-15(f)所示。

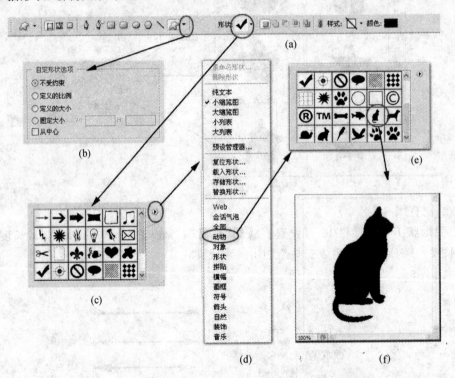

图 7-15

4. 形状的编辑和修改

"形状"也可以进行各种编辑和修改,包括图层的转换等。

(1) 形状的叠加运算

当在一个形状图层中绘制多个形状时,可利用此时的工具属性栏设置形状运算方式(相加、相减、交叉和非交叉),如图 7-16 所示。

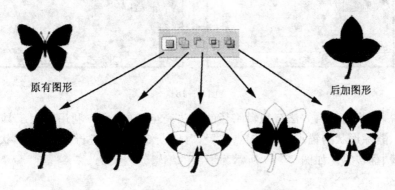

原有图形　　　　　　　　　　　　　　　　　　后加图形

图 7-16

(2) 形状图层的转换

通过选择"图层"→"栅格化"菜单命令中的适当选项,可对形状图层进行各种转换,以便于今后的处理。

如果当前图层为形状图层,并且填充内容为纯色、渐变色和图案,选择菜单中的"图层"→"栅格化"→"形状"命令或"图层"命令,将把形状图层转换为不带蒙版的普通图层,如图 7-17 所示。

图 7-17

如果当前图层为带有形状蒙版的调整图层,选择菜单中的"图层"→"栅格化"→"图层"命令,该图层将转换为带有普通蒙版的调整图层,如图 7-18 所示。

图 7 – 18

　　总的来说,形状的编辑方法与编辑路径的方法完全相同,用户利用钢笔工具、直接选择工具等,可增加、删除形状的锚点,移动锚点位置,对锚点的调整杆进行调整,对形状进行缩入、旋转、扭曲、透视、翻转等。如图 7 – 19 所示为形状的编辑修改实例。

图 7 – 19

7.1.3 "路径"面板

1. 路径简介

　　路径的各种应用主要是在路径控制面板中实现的。路径控制面板主要用于查看、管理和使用当前图像所有的路径。路径控制面板各部分的名称如图 7 – 20 所示。

　　路径名称及缩略图在路径面板上单独存在。单击路径面板上的路径名称,工作区中的路径将被选中。

　　工作路径是当前使用的路径。在绘制新路径时,工作路径将被新路径所取代。

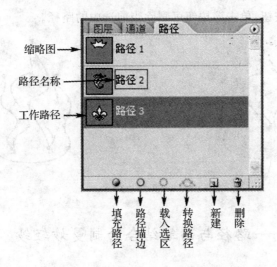

缩略图 →

路径名称 →

工作路径 →

填充路径　路径描边　载入选区　转换路径　新建　删除

图 7 - 20

2. 路径的应用

路径的主要作用有两个：一是将其转换为选区使用；二是直接对路径进行填充和描边操作。它们是通过路径面板底部的一排图标按钮来实现这些功能的，具体按钮和功能介绍如下。假设当前工作路径如图 7 - 21(a)所示。

● 填充路径图标按钮：单击该按钮，将用前景色填充路径包围的区域，如图 7 - 21(b)所示。

● 路径描边图标按钮：单击该按钮，将以前景色沿着路径描边，如图 7 - 21(c)所示。

● 载入选区图标按钮：单击该按钮，当前路径包围的区域将转换为选区并在工作区显示出来，如图 7 - 21(d)所示。

(a) 工作路径　　　　　(b) 填充路径　　　　　(c) 路径描边　　　　　(d) 载入选区

图 7 - 21

● 转换路径图标按钮：将当前窗口中的选区转换成相应的路径，如图 7 - 22 所示。

● 新建路径图标按钮：单击该按钮可新建路径。

● 删除路径图标按钮：单击该按钮可删除当前选中的路径。

图 7 - 22

7.1.4　实例——路径与画笔结合绘制曼妙轻纱

用 Photoshop 路径和画笔工具，我们可以只用很少几个步骤轻松绘制曼妙的轻纱效果，图 7 - 23 是曼妙轻纱完成后的效果，具体步骤如下。

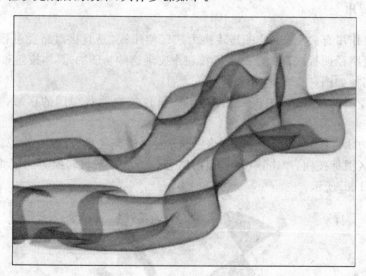

图 7 - 23

① 打开 Photoshop，建立新文件。新建立一图层，用"钢笔工具"画路径，用"转换点工具"将路径调整为曲线，如图 7 - 24 所示。

② 选择"画笔工具"，按照如图 7 - 25 所示参数设置画笔。

③ 单击"路径面板"，如图 7 - 26 所示单击选中描边按钮，用画笔描边。

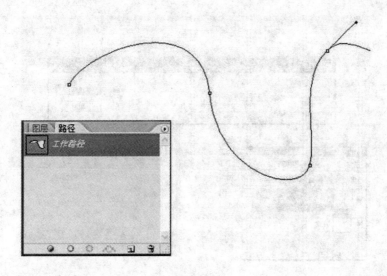

图 7 - 24

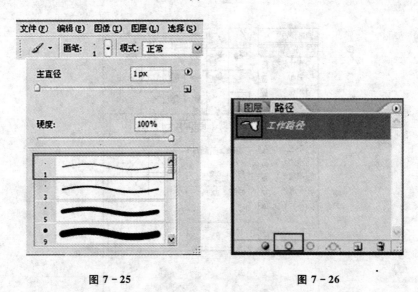

图 7 - 25　　　　　　　　　　　　　　图 7 - 26

④ 将描边后的图案定义画笔,如图 7 - 27 所示。

⑤ 新建立一图层,选择刚才定义的画笔,调出"画笔预设",进行如图 7 - 28 所示的设置。

⑥ 设置粉红的颜色做前景色,用设置好的画笔任意绘制成需要的形状,最后效果如图7 - 29 所示。

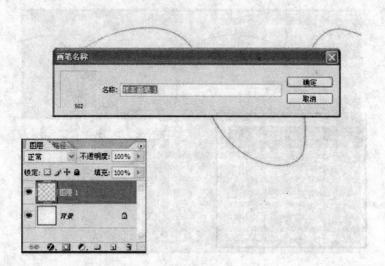

图 7 - 27

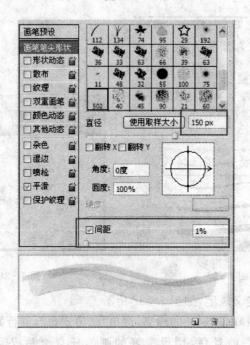

图 7 - 28

图 7 - 29

7.2　文字工具

7.2.1　认识文字工具

文字有时被称为文本,因此文字工具有时也被称为文本工具。共有 4 个,分别是横排文字 **T**、直排文字 **T**、横排文字蒙版 **T**、直排文字蒙版 **T**。如图 7 - 30 所示。

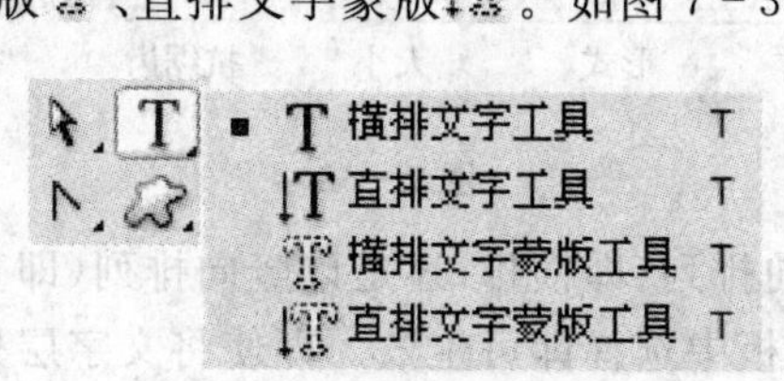

T 横排文字工具	T
T 直排文字工具	T
T 横排文字蒙版工具	T
T 直排文字蒙版工具	T

图 7 - 30

选择横排文字工具后,在画面中单击,出现输入光标后即可输入文字,"回车"键可换行。如图 7 - 31(a)所示,若要结束输入可按"回车"键或点击公共栏的提交按钮。Photoshop 将文字以独立图层的形式存放,输入文字后将会自动建立一个文字图层,图层名称就是文字的内容,如图 7 - 31(b)所示。文字图层具有和普通图层一样的性质,如图层混合模式、不透明度等,也可以使用图层样式。

　　如果要更改已输入文字的内容,在选择文字工具的前提下,将鼠标停留在文字上方,点击后即可进入文字编辑状态。编辑文字的方法和使用通常的文字编辑软件(如 Word)一样。可以在文字中拖动选择多个字符后单独进行这些字符的相关设定,如图 7-31(c)所示。需要注意的是如果有多个文字层存在且在画面布局上较为接近,那就有可能点击编辑到其他的文字层。遇到这种情况,可先将其他文字层关闭(隐藏),被隐藏的文字图层是不能被编辑的。

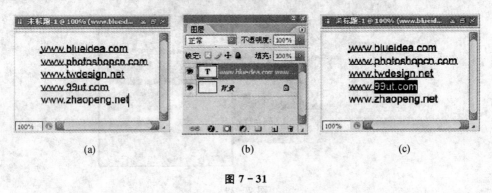

(a)　　　　　　　　　　　(b)　　　　　　　　　　　(c)

图 7-31

7.2.2　选项栏及字符调板

1. 选项栏

文字工具的选项栏如图 7-32 所示。下面对其中内容逐一予以介绍。

图 7-32

　　排列方向决定文字以横向排列(即横排)还是以竖向排列(即直排)。使用时文字层不必处在编辑状态,只需要在图层调板中选择即可生效。即使将文字层处在编辑状态,并且只选择其中一些文字,但该选项还是将改变该层所有文字的方向。也就是说,这个选项不能针对个别字符。

　　在字体选项中可以选择使用何种字体,不同的字体有不同的风格。Photoshop 使用操作系统带有的字体,因此对操作系统字库的增减会影响 Photoshop 能够使用到的字体。需要注意的是如果选择英文字体,可能无法正确显示中文。因此输入中文时应使用中文字体,如Windows 系统默认附带的中文字体有宋体、黑体、楷体等。也可以为文字层中的单个字符制定字体,如图 7-33 所示。

　　如果在字体列表中找不到中文字体的名称,在 Photoshop 首选项的"文字"项目中,取消"以英文显示字体名称"选项。如图 7-33 圆圈处。如果开启该选项,所有的字体都将以英文名称出现,另外可以选择在字体列表中是否出现阅览文字。

图 7-33

　　字体形式有 4 种:标准、倾斜、加粗、加粗并倾斜。可以为同在一个文字层中的每个字符单独制定字体形式。并不是所有的字体都支持更改形式,大部分中文字体都不支持。不过即便如此,还是可以在以后通过字符调板来指定。

　　字体大小也称为字号, 列表中有常用的几种字号,也可通过手动自行设定字号。字号的单位有"像素"、"点"、"毫米",可在 Photoshop 首选项的"单位与标尺"项目中更改,如图 7-34(a) 所示。作为网页设计来说,应该使用像素单位。如果是印刷品的设计,则应该使用传统长度单位。

　　抗锯齿选项控制字体边缘是否带有羽化效果。一般如果字号较大的话应开启该选项以得到光滑的边缘,这样文字看起来较为柔和。但对于较小字号来说开启抗锯齿可能造成阅读困难的情况。如图 7-34(b) 与 7-34(c) 的对比,这是因为较小的字本身的笔画就较细,在较细的部位羽化就容易丢失细节,此时关闭抗锯齿选项反而有利于清晰地显示文字,该选项只能针对文字层整体有效。

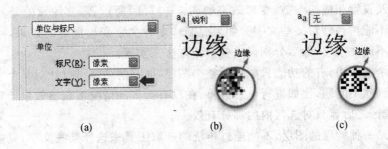

(a)　　　　　　　(b)　　　　　　　(c)

图 7-34

　　对齐方向可以让文字左对齐、中对齐或右对齐,这对于多行的文字内容尤为有用。如图 7-35(a),图 7-35(b) 和图 7-35(c) 分别是左对齐,中对齐、底对齐。

(a)　　　　　　　　　(b)　　　　　　　　　(c)

图 7－35

颜色选项就是改变文字的颜色,可以针对单个字符,效果如图 7－36(a)所示。注意如果设置了单独字符的颜色,那么当选择文字层时公共栏中的颜色缩略图将显示为"?"。在更改文字颜色时,如果通过单击颜色缩略图并利用拾色器来选取颜色,则效率很低。特别是要更改大量的独立字符时非常麻烦。在选择文字后通过颜色调板 F6 来选取颜色则速度较快。如果某种颜色需要反复使用,可以将其添加到色板中(拾取前景色后,单击色板调板下方的新建按钮)。需要注意的是,字符处在被选择状态时,颜色将反相显示,如图 7－36(b)所示,在色板中指定为黄色后,在图像中却显示为蓝色。取消选择后颜色即可恢复正常。

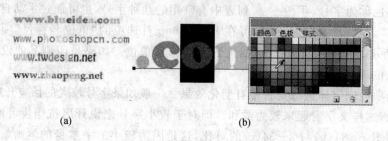

(a)　　　　　　　　　(b)

图 7－36

"变形"功能可以令文字产生变形效果,"变形文字"设置面板如图 7－37(a)所示。可以选择变形的样式及设置相应的参数,变形效果如图 7－37(b)所示,需要注意的是其只能针对整个文字图层而不能单独针对某些文字。如果要制作多种文字变形混合的效果,可以通过将文字分次输入到不同文字层,然后分别设定变形的方法来实现。

在以上各个选项中,有的功能只能针对整个图层,而有的功能可以针对某个字符。在普通图层中也会遇到此类问题,比如进行色彩调整,在没有选区的情况下调整效果针对整个图层有效,而在创建选区之后就只对选区内的部分有效。

文字图层是一种特殊的图层,不能通过传统的选取工具来选择某些文字,只能在编辑状态下,在文字中拖动鼠标去选择某些字符。如果选择多个字符的话,字符之间必须是连续的。

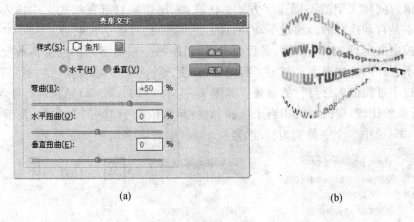

(a)   (b)

图 7 - 37

2. 字符调板

在单击了字符调板按钮后即会出现字符调板,字符调板如图 7 - 38 所示。在其中可以对文字设定更多的选项。在实际使用中也很少直接在公共栏中更改选项,大多数都是通过字符调板完成对文字的调整的。其中的字体、字体形式、字号、颜色、抗锯齿选项就不重复介绍了。

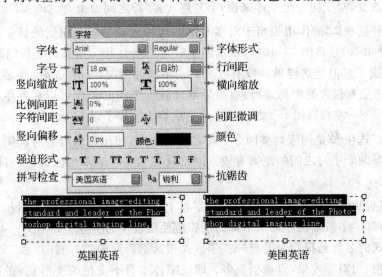

图 7 - 38

注意其中的 ▪ 为亚洲文本选项,需要在 Photoshop 首选项中开启"显示亚洲文本选项"才会出现。

拼写检查选项是针对不同的语言设置连字和拼写规则,如图 7 - 38(a)分别显示了英国英语和美国英语对同样文字的不同连字方式。注意,末尾连字只有在框式文本输入时才有效。因为框式文本是自动换行的。通过手动换行的文字是不会有连字效果的。

行间距控制文字行之间的距离,若设为自动,间距将会跟随字号的改变而改变,若为固定的数值时则不会。因此如果手动制定了行间距,在更改字号后一般也要再次制定行间距。如果间距设置过小可能造成行与行的重叠。如图 7 - 39(a)和 7 - 39(b)是自动行距与手动制定为 12 像素行距的比较,横向缩放相当于变胖和变瘦,数值小于 100% 为缩小,大于 100% 为放大。如图 7 - 39(c)中 3 个字分别为标准、竖向 50%、横向 50% 的中文字效果。

图 7 - 39

在字符调板中有比例间距和字符间距,它们的作用都是更改字符与字符之间的距离,但在原理和效果上却不相同。如图 7 - 40(a)所示,整个文字的宽度是由字符本身的字宽与字符之间的距离构成的。这两者都是在制作字体的时候就定义好的。字宽与字距间的比例将随着字号的大小相应改变,对于同一个字体来说,字号越大,字符之间的距离也越大,反之亦然。

"字符间距"选项 $\underset{\rightarrow}{AV}$ 的作用相当于对多有字距增加或减少一个相同的数量。可手动输入数值。如图 7 - 40(c)是将图 7 - 40(b)所示的字符间距减去 100,所有的字符间距都减去 100,字符就互相靠拢了。但是这样做并没有改变疏密不同的情况,尽管 mp 已经是互相紧密着密不透风,但 pl 还是有很大的距离。当然,如果继续减少字符间距也可以最终令 pl 之间也"密不透风"(设为 -300 左右),但 mp 之间却会产生重叠的效果了。

"间距微调"选项 $\overset{AV}{\leftrightarrow}$ 是用来调整两个字符之间的距离,使用方法与字符间距选项 $\underset{\rightarrow}{AV}$ 相同。但其只能针对某两个字符之间的距离有效。因此只有当文本输入光标置于字符之间时,这个选项才能使用。

竖向偏移(也称基线偏移) $\overset{A^3}{\leftrightarrow}$ 的作用是将字符上下调整,常用来制作上标和下标。正数为上升,负数为下降。一般来说作为上下标的字符应使用较小的字号。如图 7 - 41 所示。

"强迫"形式的名称是我们为了与"文字"形式相区别而起的,它的作用和"文字"形式一样是将字体作加粗、加斜等效果,但选项更多。即使字体本身不支持改变形式,在这里也可以强迫指定。它与字体形式可以同时使用,效果加倍(更斜、更粗)。其中的全部大写字母选项 **TT** 的作用是将文本中的所有小写字母都转换为大写字母。而小型大写字母选项 **Tt** 的作用也是将所有小写字母转为大写,但转换后的大写字母将参照原有小写字母的大小。如图 7 - 42 所示。

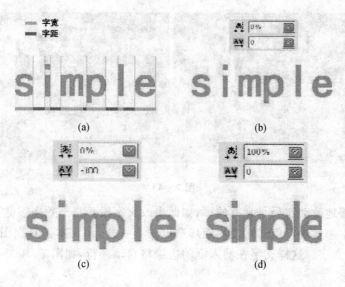

图 7 - 40

图 7 - 41　　　　　　　　　　　　　　图 7 - 42

上标 T^1 与下标 T_1 选项的作用与竖向偏移类似,就是增加了可同时缩小字号的功能。下划线选项 $\underline{T}$ 与删除线选项 $\mathbf{T}$ 的作用是在字体下方及中部产生一条横线。

7.2.3　框式文字排版及路径文字排版

1. 框式文字排版

前面介绍的输入文字的方式可以称为形式文本,特点就是单行输入,换行的话需要手动回车,如果不手动换行,文字将一直以单行排列下去,甚至超出图像边界。在大多数排版中,较多的文字都是以区域的的形式排版的,如图 7 - 43 所示,一段歌词排列在一个方块背景中。为了让文字与背景配合,我们需要在每一句的结尾回车换行。这样如果更改了背景的布局方式,文字就不能适应了。

图 7 - 43

在设计中频繁地改动布局是常有的事,如此更改文字段落自然效率很低。针对这种情况,可以使用框式文本来解决。就如同使用矩形选框工具一样,用文本工具在图像中拖拉出一个输入框,然后输入文字。这样文字在输入框的边缘将自动换行,如图 7 - 44 所示。这样排版的文字也称为文字块。

对输入框周围的几个控制点进行拖拉(将鼠标置于控制点上约 1 秒钟变为双向箭头)可以改变输入框的大小。如果输入框过小而无法全面相识文字时,右下角的控制点将出现一个加号,表示有部分文字未能显示。如图 7 - 44(b)箭头所指处。在输入框各控制点外部拖拉鼠标可旋转输入框,文字也相应发生旋转,如图 7 - 44(c)所示。输入框在完成文字输入后是不可见的,只有在编辑文字时才会再次出现。

(a)   (b)   (c)

图 7 - 44

在上面所说的调整文字输入框的时候,只会更改文字显示区域而不会影响文字的大小。如果在调整的时候按住 Ctrl 就可类似"自由变换"(按住 Ctrl＋T)那样对文字的大小和形态加以修改。按住 Ctrl 后拖拉下方的控制点可产生压扁效果。对其他控制点如此操作可以产生倾斜的效果,如图 7 - 45 所示。

自由变换命令也可以令文字块产生相同的效果。但不能使用透视和扭曲选项。要制作那样的效果需要转换为路径。

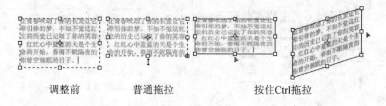

调整前　　　　普通拖拉　　　　按住Ctrl拖拉

图 7 - 45

掌握了框式文本后,就可以很容易地改变整个文字块的段落了,如图 7 - 46 所示。但大家必须明白,从左图到右图,是进行了两处改动的,除了改变了文字块的段落以外,还改变了作为文字块背景的那个圆角矩形的大小。

图 7 - 46

"横排文字"蒙版 和"直排文字"蒙版 并不产生文字本身,而只能是产生与文字形状相同的选区,不能修改排版。其实通过普通的文字等也可以产生选区,因此使用的机会并不多,这里就不再多加叙述了。

2. 路径文字排版

文字可以依照路径来排列,在开放路径上可形成类似行式文本的效果,如图 7 - 47 中呈波浪形排列的两个字母。还可以将文字排列在封闭的路径内,这样可以形成类似框式文本的效果,如图 7 - 47(a)所示的数个 H 字母和 T 字母。它们各自所依靠的路径如图 7 - 47(b)所示,很容易看出前者是两个封闭形,而后者是一条开放形。

下面我们用实例来介绍路径文字排版的使用。

① 新建一个画布,自设尺寸,然后选择自定义形状工具,注意绘图方式应为"形状图层"。如图 7 - 48 黑色箭头处,然后在形状列表中选择一个心形形状,样式选择为无样式。如图 7 - 48

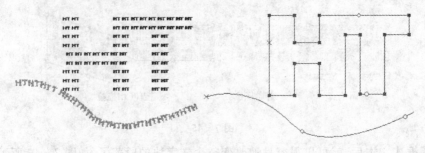

图 7 - 47

灰色箭头处。

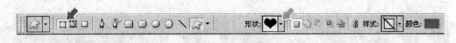

图 7 - 48

② 在图像中画出一个形状,这样其实就是建立了一个带矢量蒙版的色彩填充层。在进行下一步之前,要保证路径蒙版中的路径处于激活状态,如图 7 - 49 所示。

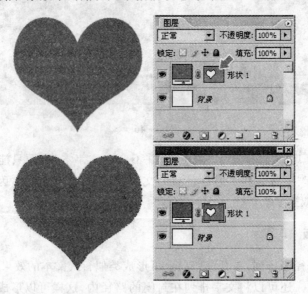

图 7 - 49

③ 现在选择文本文字工具,并使其停留在这个路径之上,依据停留位置的不同,鼠标的光标会有不同的变化。当停留在路径线条之上时显示为 ↓。当停留在图形之内将显示为 Ⅰ。请注意这两者的区别,前者表示沿着路径走向排列文字,后者表示在封闭区域排列文字,作用是完全不同的。现在我们将文字工具停留在心形之内,然后单击,出现文字输入光标,输入一些

单词（注意每个单词只有都要有一个空格），使其充满整个图形，如图 7－50 所示。接下来在段落调板中设置居中，并适当设置左缩进和右缩进的数值，使图案看上去较为舒适些。一般来说在封闭图形内排版文字，都要进行这些设定以达到较好的视觉效果。

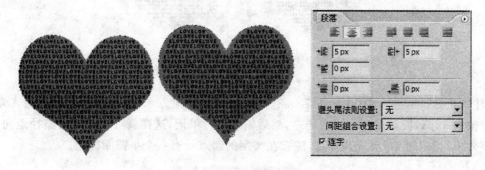

图 7－50

④ 删除该形状路径色彩的填充层，我们看到在文字外围仍然保留有一条封闭路径，与原先图形路径相同，如图 7－51 所示。由此可以明白，虽然这个文字层的排版路径是另外一个图层中的矢量路径而来，但在完成后，其也"克隆"了一条相同的路径留用。我们可以对这条"克隆并留用"的路径进行修改，从而改变文字的排版布局。方法是使用直接选择工具，在文字层"留用"的路径上点击一下，就会看到路径上显示出许多节点，用"直接选择工具"调整图 7－51箭头处的节点。

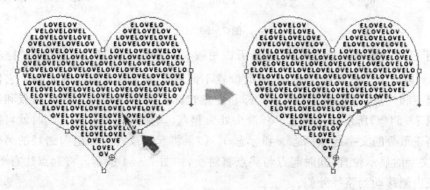

图 7－51

⑤ 前面提到过要在每个英文字母后面加上空格，是为了在行末换行时可以让单个字母移到下一行，而如果使用一整个英文单词，则在行末换行时，因为要保证完整性，整个单词将被移到下一行，这样的效果看上去就比较生硬，如图 7－52 所示。

⑥ 现在将已经完成的文字层隐藏起来。并单击色彩填充层的矢量蒙版，使其路径出于显示状态，即使填充层本身出于隐藏状态也有效，如图 7－53 所示。将文字工具停留在路径的线

图 7 - 52

条上,注意光标指示应为 ，在如图 7 - 53(a)①处的大致地方单击,即会出现文字输入光标。将字号改为 12px,段落对齐方式为居左,然后输入一行单词,这样就可以形成沿路径走向排列的文字效果,类似图 7 - 53(c)右图。注意在文字的起点处有一个小圆圈标记。

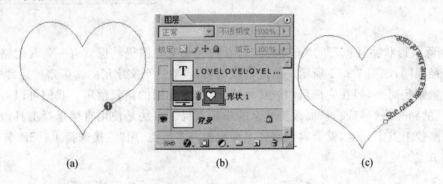

(a)　　　　　　　　　(b)　　　　　　　　　(c)

图 7 - 53

⑦ 对于已经完成的路径走向文字,还可以更改其位于路径上的位置。使用"路径选择工具" ，移动到刚才的小圆圈标记左右,根据位置不同就会出现 光标和 光标。它们分别表示文字的起点和终点,因此称之为起点光标和终点光标。现在分别将文字的起点和终点移动到大致如图 7 - 54(a)所示的位置上。灰箭头处为起点,黑箭头处为终点。此时就可以在路径上看本来出于重叠的文字起点标志 x 和标志 o。如果将起点或终点标记向路径的另外一侧拖动,将改变文字的显示位置,同时起点与终点将对换,如图 7 - 54 所示。将起点往右下方拖动,文字从路径内侧移动到路径外侧。

⑧ 路径走向文字的一个特点就是它都是以路径作为基线的,无论是内侧还是外侧,文字的底端始终都以路径为准,那假设需要将文字排列在一个比现有的图形路径更大(或更小)一些的图形路径上,那是否就要先绘制一个更大(或更小)的图形路径呢? 不必如此,只需要在字符调板中更改竖向偏移的数值,就可以达到效果,如图 7 - 55 所示为依次更改竖向偏移的数值为 15px 和 -15px,所形成的效果。

现在大家可自己尝试在原有的图形路径上排列多个文字图层,并将颜色、字号、字体、竖向偏移等选项各自调整,形成错落有致的效果,如图 7 - 56 所示。

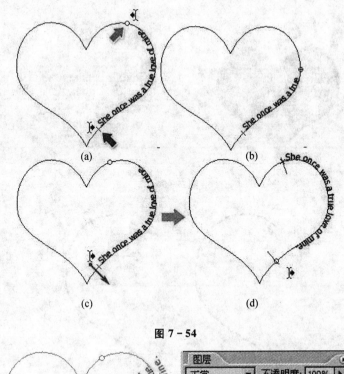

图 7 – 54

图 7 – 55

一般来说，想要在 Photoshop 中绘制虚线和点线是比较麻烦的，但我们可以通过路径走向文字来实现。分别以若干字符"－"和字符"．"沿路径走向排列，即可形成虚线和点线。还可以综合使用其他字符，如图 7 – 57 所示。而虚线的形态可以通过字符调板来控制，字号控制虚线的大小，字符间距控制虚线间隙的大小。

图 7 - 56

图 7 - 57

7.3　综合实例——绘制连体文字

下面介绍绘制连体文字的基本步骤。图 7 - 58 所示为绘制出的连体文字效果。

图 7 - 58

① 首先在 Photoshop 中新建文档，大小自定。填充背景色为 C:3 M:95　Y:8 K:0。如图 7-59 所示。

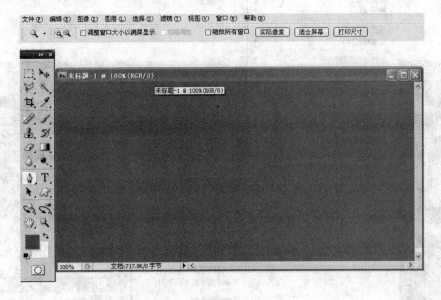

图 7-59

② 输入文字"欢乐缤纷"，并用"图层"→"文字"→"转换为形状"将文字转为路径形状，如图 7-60 所示。

③ 图层中会形成一个矢量蒙版，激活矢量蒙版，如图 7-61 所示。

④ 用"钢笔工具"在"乐"和"纷"的笔画处画出连线，注意结合的部位。如图 7-62 所示。

⑤ 调节笔画相接处的节点，删除多余的线条。如图 7-63 所示。

⑥ 按住 Shift 键，同时选中字和笔画的节点，如图的黑圈处选择相加的结合方式，使笔画处相连，如图 7-64 所示。

⑦ 接着做"欢"字的变形。首先在选择的部首旁绘制形状，然后相加结合。如图 7-65 所示。

⑧ 删除"欢"字不需要的部首，绘制变形后的部首。进行节点调节，以达到最后的连接效果。如图 7-66(a)、图 7-66(b) 和图 7-66(c) 所示。

⑨ 再用"变形工具"将修改后形状进行"斜切"变形，如图 7-67 所示。

⑩ 斜切后仍然可以对节点进行调节，如图 7-68 所示。

⑪ 对调节好的形状图层进行图层样式中"投影"、"渐变叠加"、"描边"的设置。如图 7-69 所示。

⑫ 最终效果如图 7-58 所示。

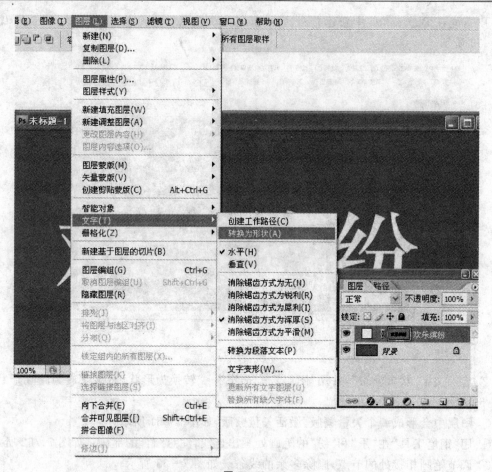

图 7 - 60

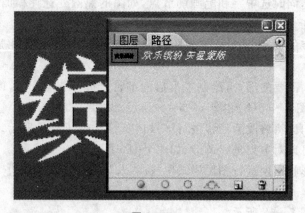

图 7 - 61

图 7 - 62

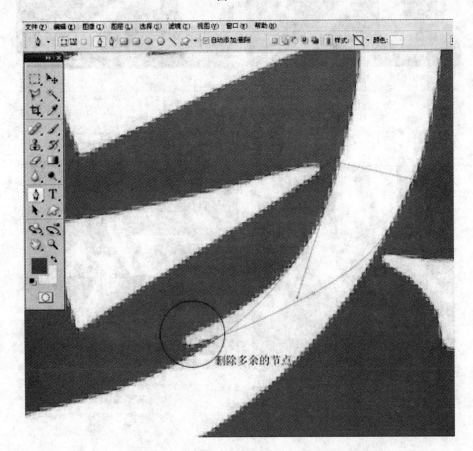

图 7 - 63

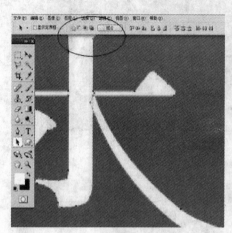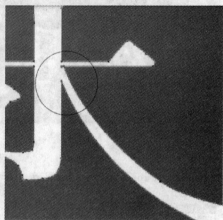

图 7 – 64

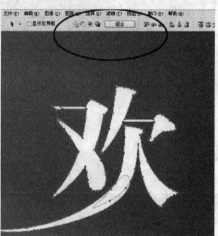

图 7 – 65

(a)

(b)

(c)

图 7 - 66

图 7 – 67

图 7 – 68

图 7 – 69

第8章 通道和蒙版

在 Photoshop 软件中,通道和蒙版是图像处理的两个不可缺少的利器。这两种工具为保存与建立选择区域提供了更灵活的方法,其中通道主要用来保存图像的颜色数据,就如同图层用来保存图像一样,它是 Photoshop 软件中比较难理解而又非常重要的概念;蒙版可以用绘画的方式建立选择区域需要保留的图像部分,使其不受任何编辑操作的影响。为了便于读者理解通道与蒙版,本章通过典型实例,系统阐述通道与蒙版的概念、功能、使用方法及技巧等,力求使读者在学习过程中,全面透彻地掌握相关功能及命令的用法。

8.1 通道简介

在 Photoshop 中,通道有两个作用,一是存储彩色信息,二是保存选择区域。

色彩斑斓的图像也是由一个一个的像素组成的,图像的通道中含有每个像素使用的 8 位灰度信息。当来自于每个通道中的像素值被组合时,它们即建立了色彩变数,这些变数就构成了在屏幕上看到的那幅连续色调的彩色图像。但具体的图像组合方式,仍然取决于使用的颜色模式。

所有图像都是由一些通道组合而成,图 8-1 所示的是 RGB 模式,它们组成了图像的颜色

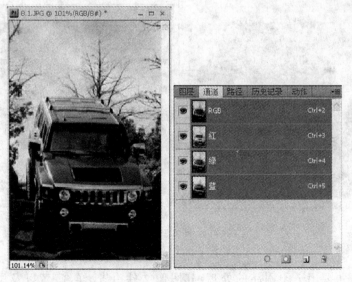

图 8-1

模式要素。这些通道不能被删除,但是在单色通道下显示的图像可以任意修改,通过改变通道的部分内容从而实现对图像的编辑。例如,用户可以擦除"蓝"通道内容或修改颜色数据,然后合并通道实现对图像的编辑。

8.1.1　通道的类型

根据通道作用的不同,通道可分为 3 种类型:用于保存彩色信息的彩色信息通道、用于保存选择区域 Alpha 通道和用于存储专用彩色信息的专色通道。

（1）RGB 通道

RGB 模式的图像文件由 3 个通道组成,即 R、G、B 单色通道,分别为红色、绿色和蓝色通道,RGB 颜色空间提供大量的色彩组合,由于大多数扫描仪和数字相机都以 RGB 模式捕获图像,所以用户最好以这种格式来保留图像,这也是系统默认的通道模式。

如图 8-2 所示,当用户查看一个 RGB 通道时,可能会看到有的地方暗一些,有的地方亮一些,其中暗色调表示缺失这种颜色,而亮色调表示这种颜色存在。一个透明的蓝色通道表明有大量蓝色透过图像,而一个阴暗的蓝色通道缺少蓝色,从而显示其相反的颜色。

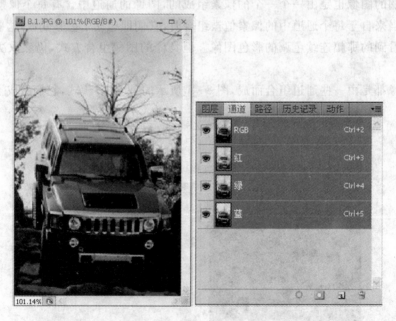

图 8-2

（2）CMYK 通道

CMYK 模式主要用于印刷品的处理,其图像文件由青、洋红、黄以及黑色通道组成,如

图 8-3 所示。由于有 4 个通道,而不是 3 个通道,所以 CMYK 文件要比等效的 RGB 文件要大一些。由于印刷图像需要反射光来识别,所以 CMYK 使用减色法来纪录颜色数据。

CMYK 通道中有一点和 RGB 通道不同,在 CMYK 通道中,阴暗区域表示这种颜色存在,而高亮区域则表示这种色彩不存在,意味着图像中的一个阴暗青色通道显示非常多的青色,此时图像上只显示出少量的红色(青色的互补色)。所以对于 CMYK 图像文件,在调整色彩多少时与 RGB 图像大不相同:如果用户增加一个通道的色彩时,则要暗化该通道;如要减少这种色彩时,则亮化该通道。

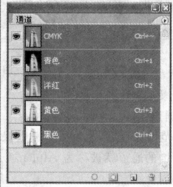

图 8-3

（3）Lab 通道

Lab 颜色空间与其他两种颜色空间完全不同。因为 Lab 并不考虑为每种单独的色彩都设置一个独立的通道,而是在颜色极性和黑白色调上做文章。Lab 提供 3 个通道:表示图像明暗强度的"明度"通道、表示绿色与红色之间极性的 a 通道和表示蓝色与黄色之间极性的 b 通道,如图 8-4 所示。

Lab 从不同的角度调整图像颜色:通过"明度"通道亮化或暗化,通过 a 或 b 通道增加或减少 a 或 b 通道的颜色。

当校正 Lab 图像时,须遵循下列准则。

- 为了使它更暗,暗化明度通道。
- 为了使它更亮,亮化明度通道。
- 为了使它更绿,暗化 a 通道。
- 为了使它更红,亮化 a 通道。

图 8 - 4

● 为了使它更蓝,暗化 b 通道。

(4) Alpha 通道

将一个选取范围保存后,就使一个蒙版保存在一个新的通道中,如图 8 - 5 所示。在 Photoshop 中这些新增的通道就被称为 Alpha 通道,通过这些 Alpha 通道,可以实现蒙版的编辑和存储。

可以用下列 3 种方式来建立 Alpha 通道。

● 单击"通道"面板右侧的按钮,在弹出的面板菜单中选择"新建通道"命令。

● 单击菜单栏中的"选择"→"载入选区"命令。

● 单击菜单栏中的"图像"→"计算"命令,调整弹出的"计算"对话框中的各项参数。

(5) "通道"面板

单击菜单栏中的"窗口"→"通道"命令,则打开"通道"面板,如图 8 - 6 所示。

● 单击"通道"面板中的某一通道,即可选择该通道,此时被选择的通道变为蓝色。按住 Shift 键单击不同的通道,可以选择多个通道。

不同色彩模式的图像,其彩色信息通道的数目不同。一般情况下,位图、灰度图只有一个 Black 通道,RGB 图和 Lab 图有 3 个通道,CMYK 图有 4 个通道,另外 RGB、Lab 和 CMYK 图还有一个综合通道,称 0♯通道。

● 单击"通道"面板的第一列按钮,当出现"眼睛"形图标时,则显示该通道的信息,反之隐藏该通道。当显示多个通道时,窗口中的图像为所有可见通道的综合效果。

● 单击"通道"面板下方的第 1 个按钮,可将 Alpha 通道内的选择区域载入图像窗口。

图 8 - 5

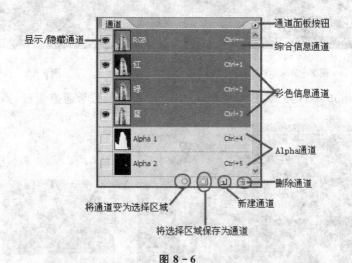

图 8 - 6

● 单击第 2 个按钮,可将选择区域保存到 Alpha。

● 单击第 3 个按钮,可新建一个 Alpha 通道。若用鼠标左键按住某个通道,向下施曳至按钮上,可复制该通道。

● 单击"垃圾桶"按钮,可删除被选择的通道。也可用鼠标左键按住某个通道,向下拖曳至"垃圾桶"按钮上将其删除。

8.1.2　通道存储颜色信息的功能——将照片制作成印象派水彩画

　　不同的色彩模式在通道中显示不同的信息。RGB 模式的图像文件由 3 个通道组成：R、G、B 单色通道，分别为红色、绿色和蓝色通道，RGB 颜色空间提供大量的色彩组合。前面介绍的对存储不同颜色信息的通道进行设置，可达到意想不到的艺术效果。下面介绍利用通道存储颜色信息的功能来实现将照片制作成印象派水彩画。如图 8-7 和图 8-8 所示分别为需要处理的原始照片和处理后的照片。其操作步骤如下。

图 8-7　　　　　　　　　　　　　　　　　　　图 8-8

　　① 在 Photoshop 中打开 RGB 颜色模式的图像"荷塘"，激活通道面板，如图 8-9 所示。

图 8-9

② 选择"红"通道,为这个通道执行"滤镜"→"素描"→"水彩画纸"。如图 8 – 10 和图 8 – 11 所示。并按照图 8 – 12 的"水彩画纸"设置面板上的数值设置。

图 8 – 10

图 8 – 11

③ 选择"绿"通道,进行同"红"通道一样的"水彩画纸"滤镜设置。如图 8 – 13 和图 8 – 14 所示。

④ 最后对"蓝"通道进行"滤镜"→"艺术效果"→"水彩"的设置。如图 8 – 15、图 8 – 16 和图 8 – 17 所示。

⑤ 激活综合信息通道。其最终效果如图 8 – 18 所示,呈现印象派水彩画效果。

图 8 - 12

图 8 - 13

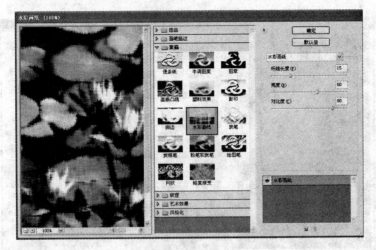

图 8 - 14

图 8 - 15

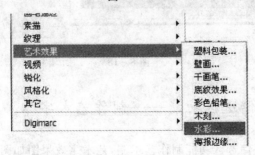

图 8 - 16

图 8－17

图 8－18

8.1.3　通道存储选区功能——制作艺术字体

　　下面介绍利用通道存储选区功能制作艺术制，艺术字效果图如图 8－19 所示。

　　① 新建一个 500×200 像素、分辨率为 72 像素/英寸、背景色为 R：53 G：84 B：161、色彩模式为 RGB 的文档，如图 8－20 所示。

图 8 - 19

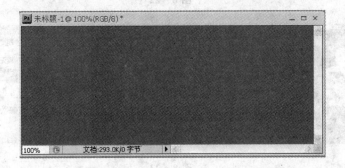

图 8 - 20

　　② 单击工具箱中的"文字"工具,在光标处输入白色楷体字"圣诞快乐",并调整大小,如图 8 - 21 所示。

图 8 - 21

　　③ 此时"图层"面板中形成一个名为"圣诞快乐"的文字图层。用右键单击此层,调出"图层"面板设置菜单,单击"栅格化文字",将文字转换为普通图层,如图 8 - 22 所示。

　　④ 文字图层转换为普通图层后,按住 Ctrl 键单击此层,"圣诞快乐"四个字产生选区,如图 8 - 23 所示。

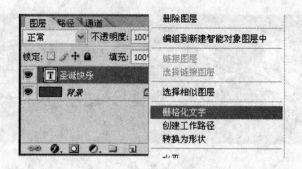

图 8 - 22

图 8 - 23

⑤ 激活"通道"面板，单击"通道"面板下方的"将选择区域保存为通道"按扭，可保存选区为通道"Alpha1"，如图 8 - 24 所示。

图 8 - 24

⑥ 单击"Alpha1"通道，然后按住键盘中的 Ctrl＋D 键，取消选择，此时的图像效果如图8 - 25 所示。

⑦ 单击菜单栏中的"滤镜"→"风格化"→"风"命令，可弹出"风"对话框，调整各项参数，如图8 - 26 所示。并根据效果按"Ctrl＋F"，为此蒙版做两次"风"的滤镜命令。

图 8 - 25

图 8 - 26

⑧ 单击"圣诞快乐"图层前面的"眼睛"形状将其隐藏,激活"背景"图层。

⑨ 单击菜单栏中的"滤镜"→"渲染"→"光照效果"命令,在弹出的"灯光效果"对话框中调整各项参数,如图 8 - 27 所示。

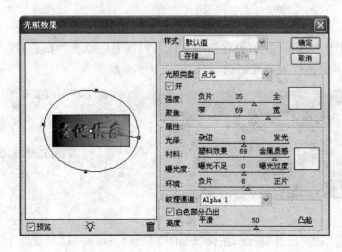

图 8 - 27

⑩ 单击"光照效果"对话框中的确定按扭,此时的图像效果如图 8－28 所示。

图 8－28

⑪ 在"图层"面板下方,单击"新建图层"按钮,新建一个普通图层 1,并将该图层调节到背景图层上方。

⑫ 单击"选择"→"载入选区",跳出"载入选区"对话框,按照图 8－29 进行设置。

图 8－29

⑬ 图层 1 中出现"Alpha 1"通道存储的选区。将前景色设置为白色,按 Alt＋Delete,将选区内填充为白色,可根据效果填充两次,效果如图 8－30 所示。

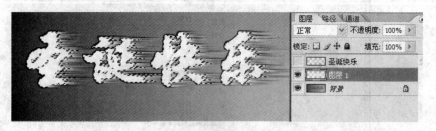

图 8－30

⑭ 单击工具箱中的"选择"按钮,按住"Shift"键,将"圣诞快乐"和图层 1 同时激活,并向右下方稍稍移动,形成浮动效果如图 8－31 所示。

图 8 - 31

⑮ 双击"圣诞快乐"图层,弹出"图层样式"设置面板,按照图 8 - 32 数据进行设置。

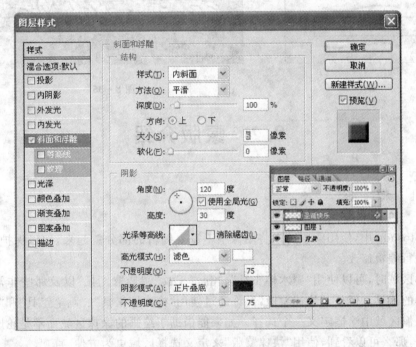

图 8 - 32

⑯ 单击"图层样式"设置面板的"确定"按钮,得到效果如图 8 - 33 所示。

图 8 - 33

⑰ 选择工具箱中的"画笔"工具,在选项栏中按照图 8-34 所示设置画笔。

⑱ 在图层 1 上单击,绘制闪烁的效果,形成最后的艺术文字,效果如图 8-35 所示。

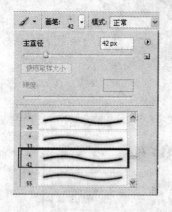

图 8-34　　　　　　　　　　　　　　　　　　　　图 8-35

8.2　蒙版介绍

8.2.1　概　念

在 Photoshop 中,使用蒙版可以将图像中不需要编辑的部分蒙起来,加以保护,只对未蒙住的部分进行编辑修改。

在选择区域时,可以使用"魔术棒工具"、"套索工具"、"选取工具"以及那些非常适用于按边缘来选择的工具。但是,"快速蒙版"允许通过使用"橡皮擦工具"、"画笔工具"和"铅笔工具"等工具在图像区域中涂擦定义一个选择。如果能借助于绘画的涂抹区域而不是轮廓和路径来定义选择区,那么可以看到,使用"快速蒙版"来定义选择区域更为方便、直观。

"快速蒙版"是 Photoshop 中的一个特殊模式,它是专门用来定义选择区域的。当处于"快速蒙版"模式时,Photoshop 中所选择的工具与图像文件中定义选择区有关。例如,当使用"快速蒙版"时,在图像中执行工具箱中的"渐变"工具,则快速蒙版执行完成后会自动建立一个选择区。

8.2.2　编　辑

1. 建立遮罩

单击菜单栏中的"选择"→"保存选取区域"命令或"通道"面板中的"保存选取区域"按钮可

将选区范围转换成遮罩。

单击"图层"面板中的"添加矢量蒙版"按钮,可建立一个遮罩。

先建立一个 Alpha 通道,然后用绘图工具或其他编辑工具在该通道上编辑也可建立一个遮罩。

单击工具箱中的"以快速蒙版模式编辑"可以建立一个快速遮罩。

单击菜单栏中的"图层"→"新建填充图层"命令,可以建立一个快速遮罩。

在此详细介绍利用"以快速蒙版模式编辑"建立遮罩的方法。

在工具箱中,双击工具箱中的"以快速蒙版模式编辑"可弹出"快速蒙版选项"对话框,如图8-36 所示。

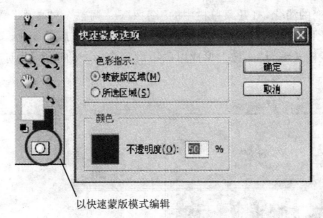

以快速蒙版模式编辑

图 8 - 36

● "色彩指示"在此有两个选项。"被蒙版区域"指任何一个着色区域在退出蒙版模式时将不被选取。"所选的区域"指着色区域在退出蒙版模式时将被选取。在此对话框中设置"颜色"时,用户可以看到原图像以灰度显示。

● "颜色":单击此选项可弹出"吸色器"对话框,在此可为遮罩选择一种颜色。

● "不透明度":指绘画时不透明的程度。

2. 编辑和使用图层遮罩

在建立遮罩后,可以对此进行编辑,以使建立的遮罩达到预想的效果。下面就介绍编辑和使用遮罩的各种方法。

(1) 建立半透明的蒙版和选择

一般来说,使用蒙版和选区是为了激活一个区域,或者是为了对一个区域施加蒙版以保护其不受任何编辑的影响。但是,建立一个仅部分地影响某个区域的选择也是可能的。例如,如果一个区域被部分地选择,那么多用黑色绘画将导致一个更亮或更暗的灰色勾划区,其明暗程度取决于该区域被选取了多大的部分。这种效果近似于当选择的边界被羽化时,效果向这些边界逐渐淡化。通常把这些选择称作半透明选择,这些半透明选择是使用一种灰度颜色而不是纯黑色画出的,这个灰度颜色越暗,透过选择区域的效果就越多;而用越淡的灰色所绘出的蒙版,允许透过的效果就越少。半透明蒙版容许区域和图层相互淡化,从而建立一种平滑的过渡效果,下面就介绍如何来建立这些过渡区。

● 选择工具箱底部的"以快速蒙版模式编辑",图像进入快速蒙版模式。

● 选择工具箱中"渐变工具",并将渐变色设置为"前景到背景"、"径向渐变"的类型。单击"渐变编辑"按钮,弹出对话框进行渐变地编辑。

● 从想让选择有最强烈效果的地方开始,单击并把渐变拖过图像。

● 为了调整渐变的淡化,打开菜单栏中的"图像"→"调整"→"曲线"命令,并提升或降低曲线增加或降低淡化的速度。注意看图 8 - 37 所示的红圈中蒙版的变化。

● 单击"以标准模式编辑"图像上形成以蒙版设置为标准的选区,此时单击"删除"即可得到最终效果,如图 8 - 37 所示。

图 8 - 37

(2) 编辑蒙版

Photoshop 允许在自己创建的彩色蒙版上使用它所有的工具。这意味着可以应用局部或全局锐化及模糊效果,从而进一步修改所建立的选择。当定义了一个基本的"快速蒙版"

(quick mask)区域之后,可以使用下列方法来进一步修改这个蒙版。

　　使用"锐化工具"、"模糊工具"或"涂抹工具"进行修改。

　　使用"曝光工具"或"减淡工具"进行修改。

　　使用菜单栏"图像"→"调整"命令中的"反转"、"色调均化"、"阀值"、"栅格化"进行修改。

　　使用菜单栏中的"滤镜"来增加图案和扭曲。

　　下面我们使用这些工具增加蒙版的各种效果。

● 使用"锐化工具"、"模糊工具"或"涂抹工具"

　　"锐化工具"、"模糊工具"或"涂抹工具"都是修改选择局部边缘区的有效工具。如果用户想让一个选择的边缘在一边淡出,但在另一边显示为卷曲和清晰的效果,根据需要就可使用"锐化工具"和"模糊工具"。同样,选择"涂抹工具"能以各种不同的程度涂抹扭曲这个选择的边缘,如图 8 - 38 所示。

图 8 - 38

● 使用"曝光工具"或"减淡工具"

　　"曝光工具"或"减淡工具"提供了另一种修改蒙版方法,可以使蒙版变得更暗或更亮。即使用"锐化工具"可以锐化边缘并消除任何抗锯齿形成的羽化效果;相反,使用"曝光工具"可柔化边缘,使创建的选择边缘增大羽化值。"曝光工具"或"减淡工具"使用与"锐化工具"、"模糊工具"一样的方式来修改蒙版,但效果大不一样。

　　"曝光工具"或"减淡工具"还可以用来修改蒙版的透明度,使蒙版变得更透明或更不透明。可以使用"减淡工具"暗化和固化一个选择区域,而"曝光工具"则可以利用来淡化或羽化一个区域。这使用户不仅能修改边缘,而且还能修改蒙版或选择的内部区域。

● 使用"曲线"控制

　　当使用渐变或者使用以前所列举的任何一个工具开始生成一个半透明的蒙版时,可以用"曲线"来修改相对半透明度。这非常简单:当处于"快速蒙版"模式时,首先单击菜单栏中的"图像"→"调整"→"曲线"命令,然后上下移动曲线淡化或暗化当前蒙版。可以用"亮度"、"对比度"或"移动"控制来做类似的修改。

- 使用"图像"命令中的"反转"、"色调均化"、"阀值"、"栅格化"。

可以单击菜单栏中"图像"→"调整"子菜单靠底部的4个边缘效果控制命令来修改蒙版。

- "反转":此命令把当前蒙版进行内外转换,从而实现选择与未选区域边缘效果控制命令来修改蒙版。

"色调均化":此命令用于全局锐化蒙版,同时增加很轻微的羽化效,羽化程度取决于蒙版是否处于原选择中,如图8-39所示。

图 8-39

"阀值":此命令用于消除所有羽化,从而在被选区与未被选区之间定义一个绝对边界。当选择这一命令时,屏幕中出现一个对话框,通过移动该对话框中的阀值滑块,可以控制这一转折在何处出现。

"栅格化":此命令把蒙版分解成性质不同的不透明度等级,接着再建立半透明选择的不同等级。简单地选择"栅格化"命令,并输入蒙版中所要求的等级,然后 Photoshop 将把蒙版分解成不同的透明部分。在使用该效果时,用户可以选择"预览"复选框,然后输入合适数值可以调试出想要的效果。

- 使用滤镜增加图案的扭曲

使用滤镜编辑和修改蒙版效果是一种蒙版处理的非常有用的方法。滤镜影响活动蒙版的方式同它们影响一组标准像素值的方式完全相同,这意味着可以把纹理图案应用到蒙版上,接着蒙版可以变成用一种颜色或另一幅图像所填充的纹理选择、或者变成简单地删除到背景色的纹理选择。下面是可应用到蒙版上的普通效果。

"锐化"或"模糊"滤镜:把特殊的锐化或模糊效果应用到蒙版上,比如运动或副射模糊滤镜。

纹理效果:用于"艺术效果"、"画笔描边"、"杂色"、"素描"或"纹理"子菜单中的任何一个滤镜来实现纹理或图案的应用。

扭曲效果:可以使用"扭曲"、"渲染"、"其他"子菜单中的滤镜把漩涡或波形图案应用到蒙版上。

8.3　综合实例——创作汽车广告招贴

下面介绍创作汽车广告招贴的具体步骤,完成后的效果如图 8－40 所示。

图 8－40

① 新建一个宽度为 30 cm 高度为 22 cm,分辨率为 200 像素/英寸,背景色为黑色的 RGB 色彩模式的图像文档。

② 单击"图层"面板再单击下方的"新建图层"按扭,创建一个"图层 1"。新建图像文档如图 8－41 所示。

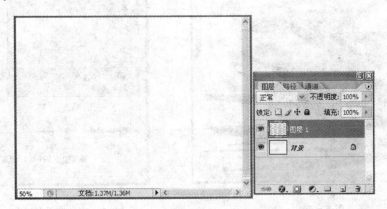

图 8－41

③ 单击工具箱中的"自由套索"按钮,在图案中绘制如图 4－28 所示的选择区。设置前景

色为绿色,其 RGB 值为(R:0、G:255、B:0),然后按住键盘中的 Alt＋Delete 键,此时图像效果
如图 8－42 所示。

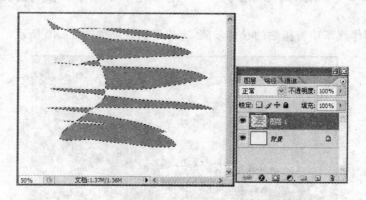

图 8－42

④ 同样方法,在图像中选择不同的区域,分别设置前景色为黄色(R:255、G:255、B:0)、红
色(R:255、G:0、B:0)、黑色(R:0、G:0、B:0),并依次对图像进行填充,然后按住键盘中的
Ctrl＋D 键,取消选择,此时的图像效果如图 8－43 所示。

⑤ 单击菜单栏中的"滤镜"→"模糊"→"动态模糊",在弹出的"动态模糊"对话框中,调整
各项参数,如图 8－44 所示。此时的图像效果如图 8－45 所示。

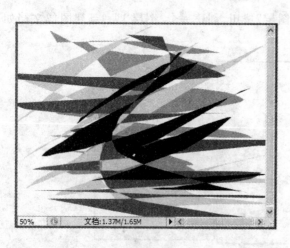

图 8－43

图 8－44

⑥ 在"图层"面板中单击下方的"添加图层蒙版"按钮,建立"图层 1"的图层蒙版,如图 8－46
所示。

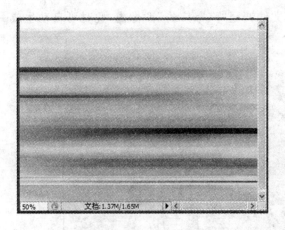

图 8 - 45   图 8 - 46

⑦ 单击工具箱中的"渐变"按钮,调整其属性栏中的各项参数,如图 8 - 47 所示。

图 8 - 47

⑧ 将光标放置在图像中,按住键盘中的 Shift 键,做垂直渐变,此时图像效果如图 8 - 48 所示。

⑨ 单击菜单栏中的"文件"→"打开"命令,选择喜欢的风景图像在 Photoshop 中打开,如图 8 - 49 所示。

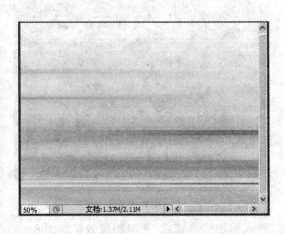

图 8 - 48   图 8 - 49

⑩ 利用工具箱中的"移动工具",将该文件调至"汽车广告"图像内,此时可自动生成一个新层"图层2",如图8－50所示。

图 8－50

⑪ 敲击键盘中的 Ctrl＋T 键,此时在调入图像周围会出现一个变形框,将光标放置在变形框四角的任意一个节点,按住键盘中的 Shfit＋Alt 键,调整至合适大小,然后敲击键盘中的 Enter 键,确认变形编辑,此时的图像效果如图8－51所示。

⑫ 单击工具箱下方的"以快速蒙版模式编辑"按钮,此时将图层进入快速蒙版模式。

⑬ 单击工具箱中的"渐变"按钮,将光标放置在图像中作从左上角至右下角的直线渐变,此时图像效果如图8－52所示。

图 8－51

图 8－52

⑭ 单击工具箱中的"以标准模式编辑"按钮,进入编辑标准模式,此时图像效果如图8－53所示。

⑮ 敲击键盘中的 Delete 键,然后按住键盘中的 Ctrl+D 键,取消选择,此时的图像效果如图 8-54 所示。

图 8-53　　　　　　　　　　　　　　　图 8-54

⑯ 单击菜单栏中的"文件"→"打开"(Open)命令,选择需要做招贴的汽车图像文件在 Photoshop 中打开,如图 8-55 所示。

E:\图库\悍马\200703300856264491c.jpg @ 100%(RGB/8#)

图 8-55

⑰ 单击工具箱下方的"以快速蒙版模式编辑"按钮,此时将图层进入快速蒙版模式。利用工具箱中的"画笔"工具,涂抹汽车车身,图像效果如图 8-56 所示。注意,涂抹中可以根据图像的形状改变画笔的大小。

⑱ 单击工具箱中的"以标准模式编辑"按钮,进入编辑标准模式,此时图像效果如图 8-57 所示。

⑲ 利用工具箱中的"移动工具",将汽车图像选区调入"汽车广告"图像文件内,此时"图层"面板中自动生成"图层 3",图像效果如图 8-58 所示。

图 8－56

图 8－57

图 8－58

⑳ 用同样的方式调整"图层 3"图像的大小，效果如图 8－59 所示。

㉑ 在"图层"面板中调整各项参数，如图 8－60 所示。此时图像的效果如图 8－61 所示。

图 8－59

图 8－60

㉒ 单击工具箱中的"文字"按钮，将光标放置在图像中输入文字"国际标准　品质永恒"，此时在"图层"面板中自动生成一个新文字图层"国际标准　品质永恒"，图像效果如图 8－62 所示。

㉓ 将光标放置在文字图层上，单击鼠标右键，在弹出的下拉菜单中选择"栅格化文字"，如图 8－63 所示，此时可将文本层转换为普通层。

㉔ 按住键盘中的 Ctrl 键，单击"国际标准　品质永恒"图层，可建立文字层选择区。

㉕ 单击菜单栏中的"窗口"→"通道"命令，弹出"通道"面板，如图 8－64 所示。

图 8 - 61

图 8 - 62

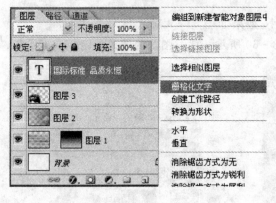

图 8 - 63

㉖ 单击"通道"面板下方的"将选择区域保存为通道"按钮，可保存选区为通道"Alpha1"，如图 8 - 65 所示。

㉗ 单击"Alpha1"通道，然后按住键盘中的 Ctrl＋D 键，取消选择，此时的图像效果如图 8 - 66 示。

㉘ 单击菜单栏中的"滤镜"→"风格化"→"照亮边缘"命令，可弹出"照亮边缘"对话框，调整各项参数，如图 8 - 67 示。

㉙ 在"通道"面板中，单击"RGB"通道，将其激活。

㉚ 单击菜单栏中的"滤镜"→"渲染"→"光照效果"命令，在弹出的"灯光效果"对话框中调整各项参数，如图 8 - 68 示。

㉛ 单击"光照效果"对话框中的确定按钮，此时的图像效果如图 8 - 69 所示。

㉜ 双击"国际标准 品质永恒"图层，弹出"图层样式"设置面板，参照图 8 - 70 数据设置。

㉝ 单击"图层样式"设置面板中的确定按钮，此时的图像效果如图 8 - 71 所示。

㉞ 利用工具箱中的"文字"工具，在图像中输入其他文字，图像最终效果如图 8 - 40 所示。

本章通过实例的创作，渗透了图层与蒙版技术的实际运用。当然，它并不能覆盖所有的通道与蒙版知识，使用通道制作图像效果时，要注意参数的合理设置，因为对于不同尺寸、不同分辨率的图像，参数设置不同，最终效果也会大相径庭。因此希望读者朋友在学习的过程中，多加思考，多加联想与对比，深入理解并掌握通道与蒙版技术。

图 8 - 64

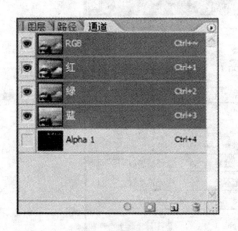

图 8 - 65

图 8 - 66

图 8 – 67

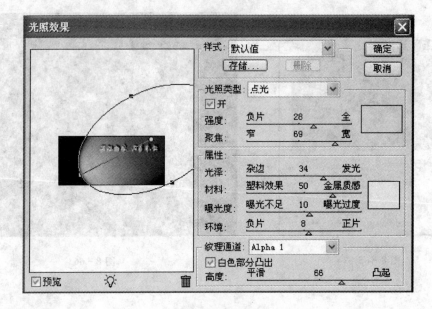

图 8 – 68

图 8－69

图 8－70

图 8 - 71

第9章 滤 镜

滤镜是 Photoshop 的特色之一,具有强大的功能。滤镜产生的复杂数字化效果源自摄影技术,滤镜不仅可以改善图像的效果并掩盖其缺陷,还可以在原有图像的基础上产生许多特殊的效果。滤镜主要具有以下特点。

① 滤镜只能应用于当前可视图层,且可以反复应用,连续应用。但一次只能应用在一个图层上。

② 滤镜不能应用于位图模式,索引颜色和 48bit RGB 模式的图像,某些滤镜只对 RGB 模式的图像起作用,如画笔描边、素描、纹理、艺术效果和视频滤镜等就不能在 CMYK 模式下使用。还有,滤镜只能应用于图层的有色区域,对完全透明的区域没有效果。

③ 有些滤镜完全在内存中处理,所以内存的容量对滤镜的生成速度影响很大。

④ 有些滤镜很复杂或者要应用滤镜的图像尺寸很大,执行时需要很长时间,如果想结束正在生成的滤镜效果,只需按 Esc 键即可。

⑤ 上次使用的滤镜将出现在滤镜菜单的顶部,可以通过执行此命令对图像再次应用上次使用过的滤镜效果。

⑥ 如果在滤镜设置窗口中对自己调节的效果感觉不满意,希望恢复调节前的参数,可以按住 Alt 键,这时取消按钮会变为复位按钮,单击此按钮就可以将参数重置为调节前的状态。

Photoshop CS4 共内置了 16 组滤镜,单击"滤镜"菜单,将弹出如图 9-1 所示,下面介绍各组滤镜的作用和部分滤镜的具体使用方法,要了解滤镜的特点,最好的方法是进行各种不同参数的设置实验。只要掌握了常用几个滤镜的使用方法后,再使用其他滤镜也就不难了。

图 9-1

9.1 液化和消失点、滤镜

9.1.1 液化滤镜

使用液化滤镜所提供的工具,可以对图像进行任意扭曲,还可以定义扭曲的范围和强度。

不错，我就是传流中的天涯第一帅哥

图 9 - 2

还可以将调整好的变形效果存储起来或载入以前存储的变形效果，总之，液化命令为用户在 Photoshop 中变形图像和创建特殊效果提供了强大的功能。

打开一幅图像，如图 9 - 2 所示。

单击"滤镜"→"液化"，将弹出如图 9 - 3 所示"液化"对话框。

在"液化"对话框中，左边是加工使用的液化工具，中间显示的是要加工的当前整个图像（若图像中创建了选区，则显示的是选区中的图像），右边是对话框的选项栏。用鼠标在图像上拖曳或单击图像，即可获得液化图像的效果。在图像上拖曳鼠标的速度会影响加工的效果。对话框中各区域参数作用如下。

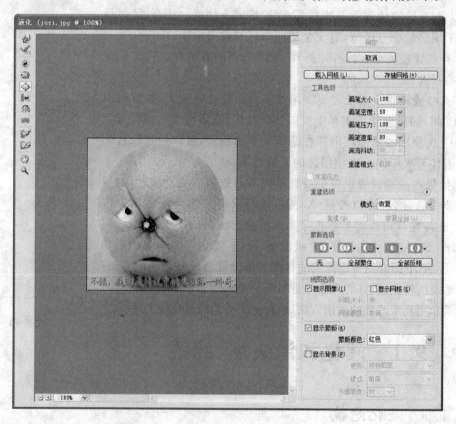

图 9 - 3

1. 液化工具栏

"向前变形工具"按钮：单击按下此按钮，设置画笔大小和画笔压力等，再用鼠标在图像上拖曳，可以获得涂抹图像的效果，如图 9-4 所示。

"重建工具"按钮：单击按下此按钮，设置画笔大小和画笔压力等，再用鼠标在加工后的图像上拖曳，可对变形的图像进行完全或部分的恢复。

"顺时针旋转扭曲工具"：单击按下此按钮，设置画笔大小和画笔压力等，使画笔的正圆正好圈住要加工的那部分图像。然后单击按住鼠标左键，即可看到正圆内的图像在顺时针旋转扭曲（也可以用鼠标在图像上拖曳），当获得满意效果时，松开鼠标左键即可。效果如图 9-5 所示。

图 9-4　　　　　　　　　　　　　　　图 9-5

"褶皱工具"按钮：单击按下此按钮，设置画笔大小和画笔压力等，使画笔的正圆正好圈住要加工的那部分图像。然后单击按住鼠标左键，即可看到正圆内的图像在逐渐褶皱缩小（也可以用鼠标在图像上拖曳），当获得满意效果时，松开鼠标左键即可。效果如图 9-6 所示。

"膨胀工具"按钮：单击按下此按钮，设置画笔大小和画笔压力等，使画笔的正圆正好圈住要加工的那部分图像。然后单击按住鼠标左键，即可看到正圆内的图像在逐渐膨胀扩大（也可以用鼠标在图像上拖曳），当获得满意效果时，松开鼠标左键即可。效果如图 9-7 所示。

"左推工具"按钮：顾名思义，将鼠标拖动经过的像素向左移动。单击按下此按钮，设置画笔大小和画笔压力等，再用鼠标在图像上拖曳即可。图 9-8 为鼠标从下往上拖曳时得到的效果。

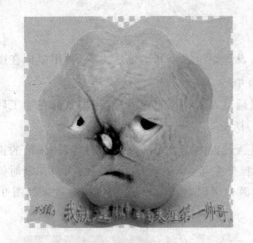

图 9 - 6

图 9 - 7

图 9 - 8

"镜像工具"按钮 ：可通过复制垂直于拖动方向的像素，来产生反射效果（类似水中映射）。使用"镜像工具"时，当按住鼠标左键向下拖动时，Photoshop 会复制左方的图像；向上拖动时，则复制右方的图像；向左拖动时，复制上方的图像；向右拖动时，会复制下方的图像。

"湍流工具"按钮 ：可平滑地移动像素，产生各种特殊效果。单击按下此按钮，设置画笔大小和画笔压力等，使画笔的正圆正好圈住要加工的那部分图像。然后单击按住鼠标左键，即可看到正圆内的图像在逐渐呈流水变化（也可以用鼠标在图像上拖曳），当获得满意效果时，松开鼠标左键即可。效果如图 9 - 9 所示。

"冻结蒙版工具"按钮 ：可以使用此工具绘制不被液化的区域。单击按下此按钮，设置画笔大小和画笔压力等，再用鼠标在不想加工的区域拖曳，即可在拖曳过的地方覆盖一层半透明的颜色，建立保护的冻结区域，如图 9 - 10 所示。这时再用其他液化工具（不含解冻工具）在冻结区域拖曳鼠标，则不会改变冻结区域内的图像。

"解冻蒙版工具"按钮 ：使用此工具可以使冻结的区域解冻。单击按下此按钮，设置画笔大小和画笔压力等，再用鼠标在冻结区域拖曳，则可以擦除半透明颜色，使冻结区域变小，达到解冻的目的。

"抓手工具"按钮 ：当图像较大，无法完整显示时，可以使用此工具对其进行移动操作。

图 9－9   图 9－10

"缩放工具"按钮 🔍：单击按下此按钮，再单击画面，可以放大图像；按住 Alt 键，同时单击画面，即可缩小图像。

2．液化对话框

现对"液体对话框"中部分选项作用介绍如下。

（1）网格工具选项栏

载入网格：单击此按钮，然后从弹出的窗口中选择要载入的网格。

存储网格：单击此按钮可以存储当前的变形网格。

（2）工具选项栏

画笔大小：指定变形工具的影响范围。取值范围为 1～1 500。

画笔密度：更改画笔边缘的强度。

画笔压力：指定变形工具的作用强度。画笔压力越大，拖曳鼠标时图像的变化越大，单击圈住图像时，图像变化的速度也越快。

湍流抖动：选择"湍流工具"后，此项变为可用。调节湍流的紊乱度。

重建模式：选择"重建工具"后，此项变为可用。单击此下拉列表框，可以依照选定的模式重建图像。共有恢复、刚性、生硬、平滑、松散 5 种模式。

光笔压力：安装了光笔后，此项变为可用。选中它后可使光笔压力起作用。

（3）重建选项

模式：可以选择重建的模式，共有恢复、刚性、生硬、平滑、松散 5 种模式。

重建：每单击一次此按钮，可以移去一步扭曲操作。

恢复全部：单击此按钮，可以移去图像所有的扭曲，恢复至变形前的状态。

（4）蒙版选项

无：移去所有冻结区域。

全部蒙住：冻结整个图像。

全部反相：单击此按钮后，可使冻结区解冻，没冻结区域变为冻结区域。

（5）视图选项

显示图像：勾选此项，在预览区中将显示要变形的图像，否则不显示图像。

显示网格：勾选此项，在预览区中将显示网格。

网格大小：选择网格的尺寸。

网格颜色：指定网格的颜色。

显示蒙版：勾选此项，在预览区中将显示冻结区域。

蒙版颜色：指定冻结区域的颜色。

显示背景：勾选此项，可以在右侧的列表框中选择作为背景的其他层或所有层都显示。

使用：选择使用其他哪一图层或所有层作为背景。

模式：设置图层的混合模式。

不透明度：调节背景画布的不透明度。

9.1.2   消失点滤镜

"消失点滤镜"是从 Photoshop CS2 以后的版本中新增的功能，它允许用户对包含透视面的图像进行编辑，并使图像保持原来的透视效果。下面以实例介绍"消失点滤镜"的使用。

图 9 - 11

① 打开一幅图像，如图 9 - 11 所示。接下来要用"消失点滤镜"去除图像中的小狗。

② 选择"滤镜"→"消失点"菜单，打开"消失点"对话框，选择对话框左侧的"创建平面"工具 🔳，在预览窗口绘制一个平面透视网格（这里以地板作为参照物进行绘制），如图 9 - 12 所示。

③ 选择对话框左侧的"编辑平面"工具 🔳，将光标放置在步骤 2 绘制的透视网格底边的中间控制点上，单击鼠标并向下拖动，改变透视网格的高度，以使小狗图像全部在网格内，如图 9 - 13 所示。

图 9 - 12

图 9 - 13

④ 选择对话框左侧的"选框"工具 ⊡，然后在透视网格内绘制一个矩形选区，如图 9 – 14 所示。从图 9 – 14 中可知，绘制的矩形与透视网格的形状完全一致。

图 9 – 14

⑤ 参数设置如图 9 – 15 所示。在按住 Ctrl＋Alt 组合键的同时，将光标放置在矩形选区内并单击，当光标呈重叠的黑白双箭头形状时，向左拖动至目标位置，释放鼠标即可将小狗图像覆盖，如图 9 – 16 所示。如果对位置不满意，可以选择变形工具 ⊞ 对其大小、旋转、水平镜像、垂直镜像的调整。

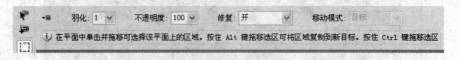

图 9 – 15

⑥ 继续使用⑤中的方法，可根据需要将"修复"不断调整，将图像中的小狗全部覆盖，取消选区，如图 9 – 17 所示。

⑦ 如果对处理的图像满意，单击"确定"按钮，关闭对话框，可得到如图 9 – 18 所示的效果。

图 9-16

图 9-17

图 9-18

"消失点滤镜"对话框内其余部分选项作用如下。

"仿制图章"![]工具:选择此工具,按住 Alt 键,在图像中单击鼠标定义一个源点,然后,拖动光标到目标位置,要复制的图像会随着透视网格发生相应的透视变化。

"画笔"![]工具:选择此画笔工具后,在其工具属性栏中设置画笔的直径、硬度、不透明度、画笔颜色以及修复选项等参数后可在画布中绘制图像,选择"修复明亮度"可将绘画调整为适应阴影或纹理。使用"画笔"工具绘制的图像也将随着透视网格发生相应的透视变化。

"吸管"![]工具:点按用于选择绘画的眼色。

"度量"![]工具:点按两点可测量距离。编辑距离可设置测量的比例。

9.2 其他滤镜

9.2.1 风格化滤镜

"风格化滤镜"主要作用于图像的像素,通过移动和置换图像的像素来提高图像像素的对比度。所以图像的对比度对此类滤镜的影响较大,风格化滤镜最终营造出的是一种印象派的图像效果。单击"滤镜"菜单,选择"风格化",将弹出如图 9 - 19 所示子菜单。可以看到锐化滤镜组有 9 个滤镜。

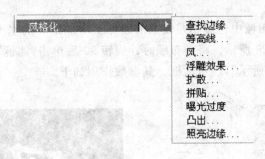

图 9 - 19

1. 查找边缘滤镜

"查找边缘滤镜"的作用是用相对于白色背景的深色线条来勾画图像的边缘,得到图像的大致轮廓。如果先加大图像的对比度,然后再应用此滤镜,可以得到更多、更细致的边缘。例如打开一张"草莓"图片,如图 9 - 20 所示。

单击"滤镜"→"风格化"→"查找边缘"菜单命令,即可对图像进行查找边缘的效果处理,如图 9 - 21 所示。

图 9 - 20

图 9 - 21

2. 等高线滤镜

等高线滤镜的作用类似于查找边缘滤镜的效果,但允许指定过渡区域的色调水平,主要作用是勾画图像的色阶范围。等高线滤镜对话框中参数作用如下。

- 色阶:可以通过拖动三角滑块或输入数值来指定色阶的阈值(数值范围为 0～255)。
- 较低:勾画像素的颜色低于指定色阶的区域。
- 较高:勾画像素的颜色高于指定色阶的区域。

经过等高线滤镜处理的草莓图像如图 9-22 所示。

3. 风滤镜

风滤镜的作用是在图像中色彩相差较大的边界上增加细小的水平短线来模拟风的效果。打开一幅图像,如图 9-23 所示。将画布顺时针旋转 90°后单击"滤镜"→"风格化"→"风"菜单命令,将调出如图 9-24 所示"风"对话框。其参数作用如下。

图 9-22   图 9-23

- 方法:控制吹风的强度。"风":细腻的微风效果;"大风":比风效果要强烈的多,图像改变很大;"飓风":最强烈的风效果,图像已发生变形。
- 方向:控制风向。"从左":风从左面吹来;"从右":风从右面吹来。

图 9-25 为执行了两次"方法"中的"风"后,再将画布顺时针旋转 90°的效果。

4. 浮雕效果滤镜

浮雕效果滤镜的作用是生成凸出和浮雕的效果,对比度越大的图像浮雕的效果越明显。浮雕效果滤镜对话框中参数作用如下。

- 角度:为光源照射的方向。
- 高度:为凸出的高度。
- 数量:为颜色数量的百分比,可以突出图像的细节。

图 9-26 为草莓图像应用浮雕效果滤镜后的效果。

图 9-24 图 9-25

5. 扩散滤镜

扩散滤镜的作用是搅动图像的像素,产生类似透过磨砂玻璃观看图像的效果。"扩散"滤镜对话框中参数作用如下。

- 正常:为随机移动像素,使图像的色彩边界产生毛边的效果。
- 变暗优先:用较暗的像素替换较亮的像素。
- 变亮优先:用较亮的像素替换较暗的像素。
- 各向异性:创建出柔和模糊的图像效果。

6. 拼贴滤镜

拼贴滤镜的作用是将图像按指定的值分裂为若干个正方形的拼贴图块,并按设置的位移百分比进行随机偏移。"拼贴"滤镜对话框中参数作用如下。

- 拼贴数:设置行或列中分裂出的最小拼贴块数。
- 最大位移:为贴块偏移其原始位置的最大距离(百分数)。
- 背景色:用背景色填充拼贴块之间的缝隙。
- 前景色:用前景色填充拼贴块之间的缝隙。

- 反选颜色:用原图像的反相色图像填充拼贴块之间的缝隙。
- 未改变颜色:使用原图像填充拼贴块之间的缝隙。

7. 曝光过度滤镜

曝光过度滤镜的作用是使图像产生一种原图像与原图像的反相进行混合后的效果。此滤镜不能应用在 Lab 模式下。单击"滤镜"→"风格化"→"曝光过度"菜单命令,即可将"草莓"图像处理成如图 9-27 所示曝光过度的效果。

图 9-26　　　　　　　　　　　　　　　图 9-27

8. 凸出滤镜

凸出滤镜的作用是将图像分割为一系列大小相同的三维立体块或立方体,并叠放在一起,产生凸出的三维效果。此滤镜不能应用在 Lab 模式下。

单击"滤镜"→"风格化"→"凸出"菜单命令,将调出如图 9-28 所示"凸出"对话框。其参数作用如下:

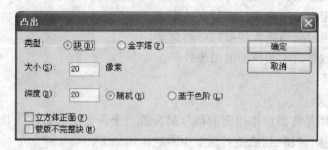

图 9-28

- 类型:共有两种分割类型,块:将图像分解为三维立方块,并用图像填充立方块的正面。金字塔:将图像分解为类似金字塔型的三棱锥体。

- 大小：设置块或金字塔的底面尺寸。
- 深度：控制块突出的深度。
- 随机：选中此项后使块的深度取随机数。
- 基于色阶：选中此项后使块的深度随色阶的不同而定。
- 立方体正面：勾选此项，将用该块的平均颜色填充立方块的正面。
- 蒙版不完整块：使所有块的突起包括在颜色区域。

按照图 9-28 所示的设置，即可将图处理成如图 9-29 所示的效果。

图 9 - 29

9. 照亮边缘滤镜

"照亮边缘滤镜"的作用是使图像的边缘产生发光效果。此滤镜不能应用在 Lab，CMYK 和灰度模式下。单击"滤镜"→"风格化"→"照亮边缘"菜单命令，将调出如图 9-30 所示"照亮边缘"对话框。其参数作用如下。

- 边缘宽度：调整被照亮的边缘的宽度。
- 边缘亮度：控制边缘的亮度值。
- 平滑度：平滑被照亮的边缘。

由图 9-30 可以看出，此对话框和前面介绍过的"扭曲"滤镜组的部分滤镜，"画笔描边"、"素描"、"纹理"及"艺术效果"滤镜组的所有滤镜对话框是类似的。

图 9-31 为对草莓图像进行"照亮边缘"处理的效果。

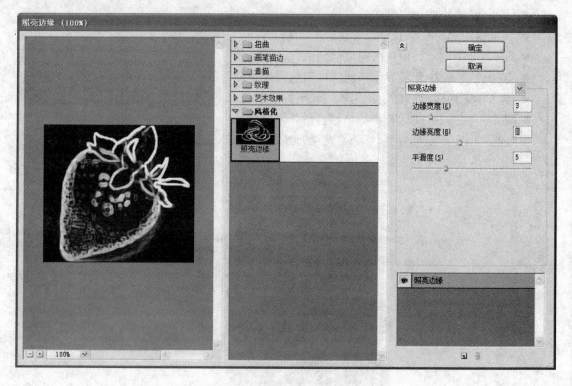

图 9 - 30

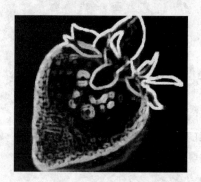

图 9 - 31

9.2.2　画笔描边滤镜

　　画笔描边滤镜主要模拟使用不同的画笔和油墨进行描边创造出的绘画效果。此类滤镜不能应用在 CMYK 和 Lab 模式下。单击"滤镜"菜单,选择"画笔描边",将弹出如图 9 - 32 所示子菜单。可以看到画笔描边滤镜组共有 8 个滤镜。

1. 成角的线条滤镜

"成角的线条滤镜"的作用是使用成角的线条勾画图像。打开一副图像,如图 9-33 所示。
单击"滤镜"→"画笔描边"→"成角的线条"滤镜菜单命令,将调出如图 9-34 所示"成角的线
条"滤镜对话框。参数作用如下。

图 9-32

图 9-33

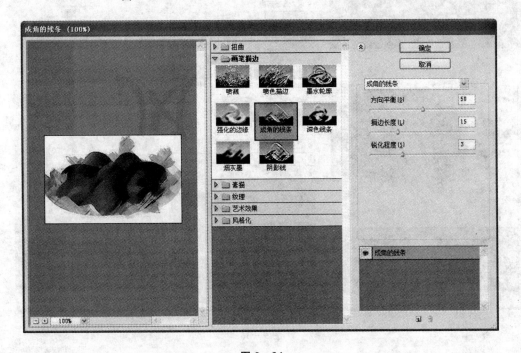

图 9-34

方向平衡:可以调节向左下角和右下角勾画的强度。

描边长度:控制成角线条的长度。

锐化程度:调节勾画线条的锐化度。

图 9-35 为使用成角的线条后的效果。

图 9-35

2. 墨水轮廓滤镜

"墨水轮廓滤镜"的作用是用纤细的线条勾画图像的色彩边界,类似钢笔画的风格。

3. 喷溅滤镜

"喷溅滤镜"的作用是创建一种类似透过浴室玻璃观看图像的效果。单击"滤镜"→"画笔描边"→"喷溅"菜单命令,将调出如图 9-36 所示"喷溅"对话框。参数作用如下。

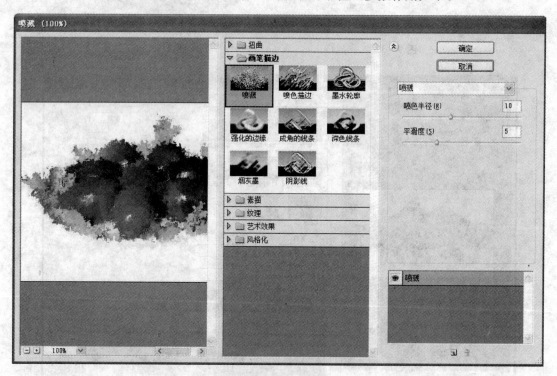

图 9-36

在此对话框中还可以很直观地看到"画笔描边"滤镜组的所有滤镜的效果。只需单击相应的滤镜,就可以在左边的预览框中看到应用滤镜后的图像效果。

喷色半径:为形成喷溅色块的半径。

平滑度:为喷溅色块之间的过渡的平滑度。

调整参数后,单击"确定"按钮,即可使图像呈喷溅效果,如图 9 - 37 所示。

图 9 - 37

4．喷色描边滤镜

"喷色描边滤镜"的作用是使用所选图像的主色,并用成角的,喷溅的颜色线条来描绘图像,所以得到的与喷溅滤镜的效果很相似。

5．强化的边缘滤镜

"强化的边缘滤镜"的作用是将图像的色彩边界进行强化处理,设置较高的边缘亮度值,将增大边界的亮度;设置较低的边缘亮度值,将降低边界的亮度。

6．深色线条滤镜

"深色线条滤镜"的作用是用黑色线条描绘图像的暗区,用白色线条描绘图像的亮区。

7．烟灰墨滤镜

"烟灰墨滤镜"的作用是以日本画的风格来描绘图像,类似应用深色线条滤镜之后又模糊的效果。打开如图 9 - 38 所示图片,单击"滤镜"→"画笔描边"→"烟灰墨"菜单命令,将调出如图 9 - 39 所示"烟灰墨"对话框。参数作用如下。

描边宽度:调节描边笔触的宽度。

描边压力:为描边笔触的压力值。

对比度:可以直接调节结果图像的对比度。

调整参数后,单击"确定"按钮,即可使图像呈烟灰墨效果,如图 9 - 40 所示。

图 9 - 38

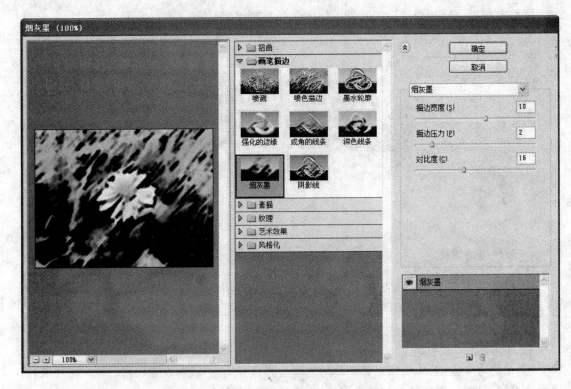

图 9 - 39

图 9 - 40

8. 阴影线滤镜

"阴影线滤镜"的作用类似用铅笔阴影线的笔触对所选的图像进行勾画的效果,与成角的线条滤镜的效果相似。

9.2.3 模糊滤镜

"模糊滤镜"主要是使选区或图像柔和,淡化图像中不同色彩的边界,以达到掩盖图像的缺陷或创造出特殊效果的作用。单击"滤镜"→"模糊"菜单命令,即可看到如图 9 - 41 所示其子菜单命令。由图中可以看出模糊滤镜组有 11 个滤镜。

1. 动感模糊滤镜

"动感模糊滤镜"的作用是对图像沿着指定的方向(−360°~360°),以指定的强度(1~999)进行模糊。

在打开的一幅图片上单击"滤镜"→"模糊"→"动感模糊"菜单命令,将调出如图 9 - 42 所示"动感模糊"对话框。参数作用如下。

角度:设置模糊的角度。

距离:设置动感模糊的强度。

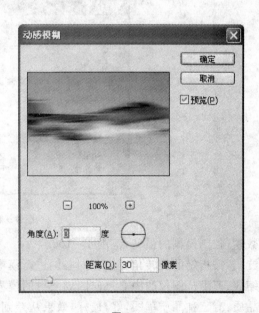

图 9 - 41   图 9 - 42

以图 9 - 43 所示图片为例调整参数后,单击"确定"按钮,即可对图像添加动感模糊效果,如图 9 - 44 所示。

图 9 - 43　　　　　　　　　　　　　　　　　　　　　　　图 9 - 44

2. 径向模糊滤镜

"径向模糊滤镜"的作用是模拟移动或旋转的相机产生的模糊。在打开的一幅图片上单击"滤镜"→"模糊"→"径向模糊"菜单命令,将调出如图 9 - 45 所示"径向模糊"对话框。该对话框没有图像预览。参数作用如下。

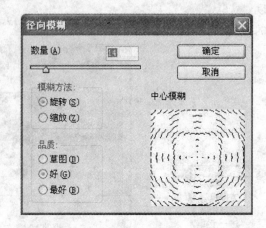

图 9 - 45

数量:控制模糊的强度,范围 1～100。

旋转:按指定的旋转角度沿着同心圆进行模糊。

缩放:产生从图像的中心点向四周发射的模糊效果。

品质:有三种品质草图,好,最好,效果从差到好。

以图 9 - 46 所示图片为例调整参数后,单击"确定"按钮,即可对图像添加动感模糊效果,如图 9 - 47 所示。

图 9－46　　　　　　　　　　　　　　　　　图 9－47

3. 特殊模糊滤镜

"特殊模糊滤镜"可以产生多种模糊效果,使图像的层次感减弱。打开一幅图片,单击"滤镜"→"模糊"→"特殊模糊"菜单命令,将调出如图 9－48 所示"特殊模糊"对话框。参数作用如下。

半径:确定滤镜要模糊的距离。

阈值:确定像素之间的差别达到何值时可以对其进行消除。

品质:可以选择高,中,低三种品质。

模式:有三种模式。"正常"模式:此模式只将图像模糊;"仅限边缘"模式:此模式可勾画出图像的色彩边界;"叠加边缘"模式:前两种模式的叠加效果。

以图 9－49 为例选择"特殊模糊"滤镜,其中图 9－50 为使用"正常"模式的效果;图 9－51 为使用"仅限边缘"模式的效果;图 9－52 为使用"叠加边缘"模式的效果。

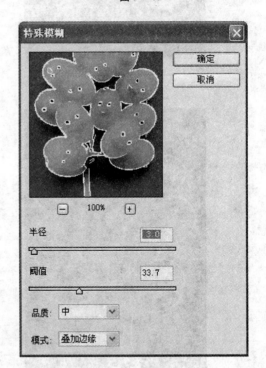

图 9－48

图 9 - 49   图 9 - 50

图 9 - 51   图 9 - 52

4．高斯模糊滤镜

"高斯模糊滤镜"的作用是按指定的值快速模糊选中的图像部分,产生一种朦胧的效果。

打开一幅图片,单击"滤镜"→"模糊"→"特殊模糊"菜单命令,将调出如图 9 - 53 所示"特殊模糊"对话框。参数作用如下。

图 9 - 53

半径:调节模糊半径,范围是 1~250 像素。

以图 9 - 54 为例调整参数后,单击"确定"按钮,即可对图像添加高斯模糊效果,如图 9 - 55 所示。

图 9 - 54   图 9 - 55

9.2.4 扭曲滤镜

扭曲滤镜是通过对图像应用扭曲变形来实现各种效果。单击"滤镜"菜单,选择"扭曲",将弹出如图 9 - 56 所示子菜单。可以看到扭曲滤镜组共有 13 个滤镜。部分滤镜使用如下。

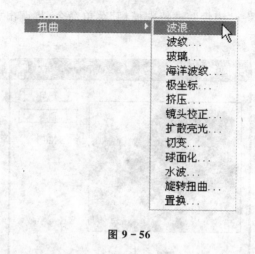

图 9 - 56

1. 玻璃滤镜

　　"玻璃滤镜"的作用是使图像看上去如同隔着玻璃观看一样,此滤镜不能应用于 CMYK 和 Lab 模式的图像。

　　打开一幅图像,单击"滤镜"→"扭曲"→"玻璃"菜单命令,将调出如图 9 - 57 所示"玻璃"对

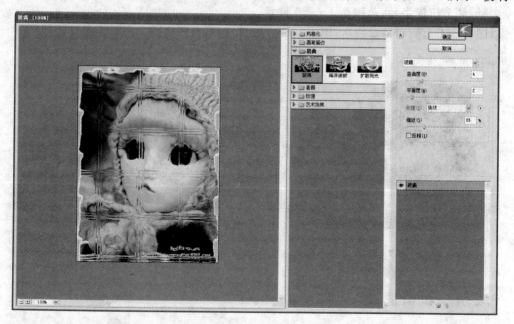

图 9 - 57

话框。此对话框与"扩散亮光"对话框类似。参数作用如下。

扭曲度:控制图像的扭曲程度,范围是 0～20。

平滑度:平滑图像的扭曲效果,范围是 1～15。

纹理:可以指定纹理效果,可以选择现成的磨砂、块状、画布和小镜头纹理,也可以载入别的纹理。

缩放:控制纹理的缩放比例,范围是 50％～200％。

反相:使图像的暗区和亮区相互转换。

以图 9-58 为例调整参数后,单击"确定"按钮即可对图像添加"玻璃"效果。如图 9-59 所示。

图 9-58　　　　　　　　　　　　　　　图 9-59

2. 极坐标滤镜

"极坐标滤镜"的作用可将图像的坐标从平面坐标转换为极坐标或从极坐标转换为平面坐标,参数作用如下。

平面坐标到极坐标:将图像从平面坐标转换为极坐标。

极坐标到平面坐标:将图像从极坐标转换为平面坐标。

图 9-60 为原图像,图 9-61 为使用平面坐标到极坐标的效果。

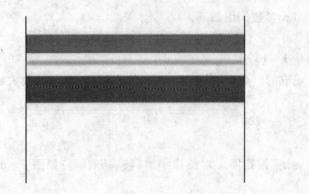

图 9 – 60　　　　　　　　　　　　　　　　　图 9 – 61

3. 挤压滤镜

"挤压滤镜"的作用是使图像的中心产生凸起或凹下的效果。单击"滤镜"→"扭曲"→"挤压"菜单命令,将调出如图 9 – 62 所示"挤压"对话框。参数作用如下。

图 9 – 62

数量:控制挤压的强度,正值为向内挤压,负值为向外挤压,范围是－100%～100%。

图 9 – 63 为原图,图 9 – 64 为使用"挤压"滤镜后的效果图。

图 9 - 63   图 9 - 64

4. 扩散亮光滤镜

"扩散亮光滤镜"的作用是向图像中添加透明的背景色颗粒,在图像的亮区向外进行扩散添加,产生一种类似发光的效果。此滤镜不能应用于 CMYK 和 Lab 模式的图像。

单击"滤镜"→"扭曲"→"扩散亮光滤镜"菜单命令,将调出如图 9 - 65 所示"扩散亮光滤镜"对话框。在此对话框中还可以很直观地看到"扭曲"滤镜组的其他部分滤镜的效果。只需单击相应的滤镜,就可以在左边的预览框中看到应用滤镜后的图像效果。参数作用如下。

粒度:为添加背景色颗粒的数量。

发光量:增加图像的亮度。

清除数量:控制背景色影响图像的区域大小。

图 9 - 66 为原图,图 9 - 67 为使用"扩散亮光"滤镜后的效果图。

5. 切变滤镜

"切变滤镜"可以控制指定的点来弯曲图像。单击"滤镜"→"扭曲"→"切变"菜单命令,将调出如图 9 - 68 所示"切变"对话框。参数作用如下。

"折回"单选按钮:将切变后超出图像边缘的部分反卷到图像的对边。

"重复边缘像素"单选按钮:将图像中因为切变变形超出图像的部分分布到图像的边界上。

图 9 - 69 为原图,图 9 - 70 为使用"切变"滤镜后的效果图。

图 9 - 65

图 9 - 66

图 9 - 67

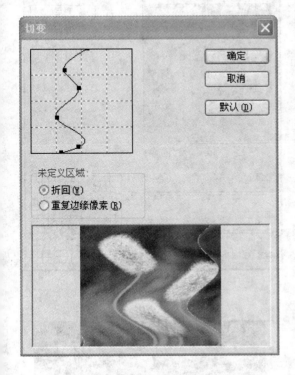

图 9-68

图 9-69

6. 水波滤镜

"水波滤镜"的作用是使图像产生同心圆状的波纹效果。单击"滤镜"→"扭曲"→"水波"菜单命令,将调出如图 9-71 所示"水波"对话框。参数作用如下。

数量:为波纹的波幅。

起伏:控制波纹的密度。

样式下拉列表框:有三个选项:围绕中心:将图像的像素绕中心旋转;从中心向外:靠近或远离中心置换像素;水池波纹:将像素置换到中心的左上方和右下方。

图 9-72 为原图像,图 9-73 为使用水波滤镜后的效果图。

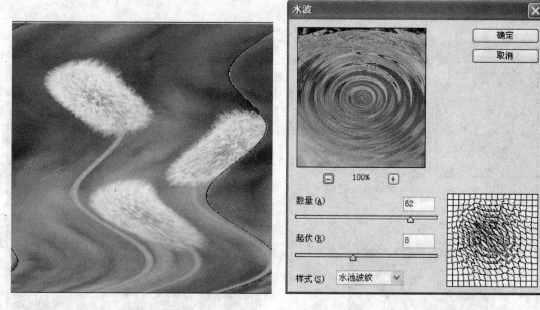

图 9-70　　　　　　　　　　　　　　　　　　图 9-71

图 9-72

图 9-73

9.2.5　锐化滤镜

"锐化滤镜"是通过增加相邻像素的对比度来使模糊图像变清晰。单击"滤镜"菜单,选择"锐化",将弹出如图 9-74 所示子菜单。可以看到锐化滤镜组有 5 个滤镜。

图 9 - 74

1. USM 锐化滤镜

　　"USM 锐化滤镜"的作用是改善整体看上去柔和,但细节不够清晰的图像。打开一幅图片,如图 9 - 75 所示。单击"滤镜"→"锐化"→"USM 锐化"菜单命令,将调出如图 9 - 70 所示"USM 锐化滤镜"对话框。其参数作用如下。

图 9 - 75

　　数量:控制锐化效果的强度。

　　半径:指定锐化的半径。

　　阈值:指定相邻像素之间的比较值。

　　图 9 - 77 为经过 USM 锐化后图像的效果。

图 9 – 76   图 9 – 77

2. 进一步锐化滤镜

"进一步锐化滤镜"的作用是使用其他锐化滤镜后,对图像进行再次锐化。

3. 锐化滤镜

"锐化滤镜"的作用是产生简单的锐化效果。单击"滤镜"→"锐化"菜单命令,即可对图像进行锐化处理。

4. 锐化边缘滤镜

"锐化边缘滤镜"的作用与锐化滤镜的效果相同,但它只是锐化图像的边缘。

可以将原图与使用了"锐化边缘"效果后的图像对比,观察效果,如图 9 – 78 所示。

原图   锐化边缘效果

图 9 – 78

5. 智能锐化

除了传统的"USM 锐化"滤镜,从 Photoshop CS2 开始还新增了"智能锐化"滤镜。该滤镜可以对图像表面的模糊效果,动态模糊效果及景深模糊效果等进行调整,还可以根据实际情况,分别对图像的暗部与亮部分别进行调整。

9.2.6　视频滤镜

"视频滤镜"属于 Photoshop 的外部接口程序,用来从摄像机输入图像或将图像输出到录像带上。单击"滤镜"菜单,选择"视频",将弹出如图 9-79 所示子菜单。可以看到视频滤镜组有 2 个滤镜。

图 9-79

1. NTSC 颜色滤镜

"NTSC 颜色滤镜"的作用是将色域限制在电视机重现可接受的范围内,以防止过饱和颜色渗到电视扫描行中。此滤镜对基于视频的因特网系统上的 Web 图像处理很有帮助。此滤镜不能应用于灰度,CMYK 和 Lab 模式的图像。

2. 逐行滤镜

"逐行滤镜"通过去掉视频图像中的奇数或偶数交错行,使在视频上捕捉的运动图像变得平滑。可以选择"复制"或"插值"来替换去掉的行。此滤镜不能应用于 CMYK 模式的图像。

9.2.7　素描滤镜

素描滤镜用于创建手绘图像的效果,简化图像的色彩。单击"滤镜"菜单,选择"素描",将弹出如图 9-80 所示子菜单。可以看到素描滤镜组共有 14 个滤镜。它们一般需要与前景色和背景色配合使用,所以在使用该组滤镜前,应设置好前景色和背景色。此类滤镜不能应用在 CMYK 和 Lab 模式下。

1. 半调图案滤镜

"半调图案滤镜"的作用是模拟半调网屏的效果,且保持连续的色调范围。打开一幅图像如图 9-81 所示,在观察"素描"滤镜效果时,我们都以该图为原图像。单击"素描"→"半调图案",调出"半调图案"对话框,如图 9-82 所示,参数的作用如下。

图 9 - 80   图 9 - 81

图 9 - 82

大小：可以调节图案的尺寸。

对比度：可以调节图像的对比度。

图案类型：包含圆圈，网点和直线三种图案类型。

应用"半调图案"滤镜效果如图 9 - 83 所示。

2. 便条纸滤镜

"便条纸滤镜"的作用是模拟纸浮雕的效果。与颗粒滤镜和浮雕滤镜先后作用于图像所产生的效果类似。

单击"滤镜"→"素描"→"便条纸"菜单命令,将调出如图 9 - 84 所示"便条纸"对话框。在此对话框中还可以很方便直观地看到"素描"滤镜组的所有滤镜的效果。只需单击相应的滤镜,就可以在左边的预览框中看到应用滤镜后的图像效果。参数作用如下。

图 9 - 83

图像平衡:用于调节图像中凸出和凹陷所影响的范围。凸出部分用前景色填充,凹陷部分用背景色填充。

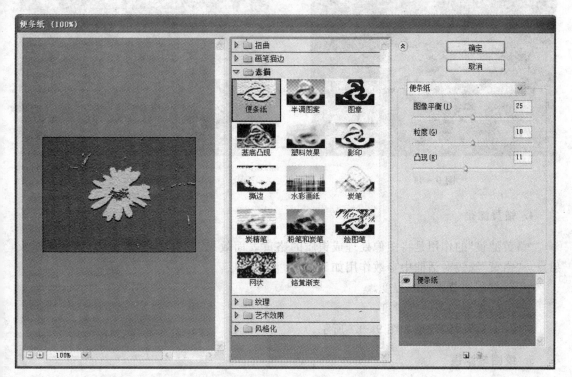

图 9 - 84

粒度：控制图像中添加颗粒的数量。

凸现：调节颗粒的凹凸效果。

应用"便条纸"滤镜效果如图 9-85 所示。

3. 粉笔和炭笔滤镜

"粉笔和炭笔滤镜"的作用是创建类似炭笔素描的效果。粉笔绘制图像背景，炭笔线条勾画暗区。粉笔绘制区应用背景色；炭笔绘制区应用前景色。"粉笔和炭笔"滤镜对话框中参数作用如下。

炭笔区：控制炭笔区的勾画范围。

粉笔区：控制粉笔区的勾画范围。

描边压力：控制图像勾画的对比度。

应用"粉笔和炭笔"滤镜效果如图 9-86 所示。

图 9-85　　　　　　　　　　　　　　　　　　图 9-86

4. 铬黄滤镜

"铬黄滤镜"的作用是将图像处理成银质的铬黄表面效果。亮部为高反射点；暗部为低反射点。"铬黄"滤镜对话框中参数作用如下。

细节：控制细节表现的程度。

平滑度：控制图像的平滑度。

应用"铬黄"滤镜效果如图 9-87 所示。

5. 绘图笔滤镜

"绘图笔滤镜"是使用线状油墨来勾画原图像的细节。油墨应用前景色；纸张应用背景色。"绘图笔"滤镜对话框中参数作用如下。

线条长度:决定线状油墨的长度。

明\暗平衡:用于控制图像的对比度。

描边方向:为油墨线条的走向。

应用"绘图笔"滤镜效果如图 9-88 所示。

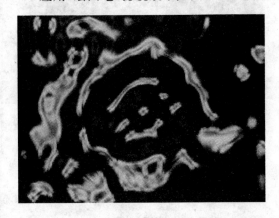

图 9-87   图 9-88

6. 基底凸现滤镜

"基底凸现滤镜"的作用是变换图像使之呈浮雕和突出光照共同作用下的效果。图像的暗区使用前景色替换;浅色部分使用背景色替换。"基底凸现"滤镜对话框中参数作用如下。

细节:控制细节表现的程度。

平滑度:控制图像的平滑度。

光照方向:可以选择光照射的方向。

应用"基底凸现"滤镜效果如图 9-89 所示。

7. 水彩画纸滤镜

"水彩画纸滤镜"产生类似在纤维纸上的涂抹效果,并使颜色相互混合。"水彩画纸"滤镜对话框中参数作用如下。

纤维长度:为勾画线条的尺寸。

亮度:控制图像的亮度。

对比度:控制图像的对比度。

应用"水彩画纸"滤镜效果如图 9-90 所示。

8. 撕边滤镜

"撕边滤镜"的作用是重建图像,使之呈现撕破的纸片状,并用前景色和背景色对图像着色。应用"撕边"滤镜效果如图 9-91 所示。

图 9-89

图 9-90

9. 塑料效果滤镜

"塑料效果滤镜"模拟塑料浮雕效果,并使用前景色和背景色为结果图像着色。暗区凸起,亮区凹陷。"塑料效果"滤镜对话框中参数作用如下。

图像平衡:控制前景色和背景色的平衡。

平滑度:控制图像边缘的平滑程度。

光照方向:确定图像的受光方向。

应用"塑料效果"滤镜效果如图 9-92 所示。

图 9-91

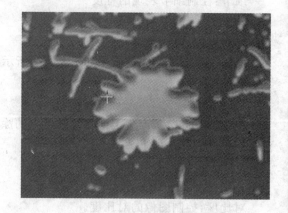

图 9-92

10. 炭笔滤镜

"炭笔滤镜"的作用是产生色调分离的,涂抹的素描效果。边缘使用粗线条绘制,中间色调用对角描边进行勾画。炭笔应用前景色;纸张应用背景色。"炭笔"滤镜对话框中参数作用如下。

炭笔粗细:调节炭笔笔触的大小。

细节:控制勾画的细节范围。

明/暗平衡:调节图像的对比度。

应用"炭笔"滤镜效果如图 9 - 93 所示。

11. 炭精笔滤镜

"炭精笔滤镜"可用来模拟炭精笔的纹理效果。在暗区使用前景色,在亮区使用背景色替换。"炭精笔"滤镜对话框中参数作用如下。

前景色阶:调节前景色的作用强度。

背景色阶:调节背景色的作用强度。

可以选择一种纹理,通过缩放和凸现滑块对其进行调节,但只有在凸现值大于零时纹理才会产生效果。

光照方向:指定光源照射的方向。

反相:可以使图像的亮色和暗色进行反转。

应用"炭精笔"滤镜效果如图 9 - 94 所示。

图 9 - 93　　　　　　　　　　　　　　　　图 9 - 94

12. 图章滤镜

"图章滤镜"的作用是简化图像,使之呈现图章盖印的效果,此滤镜用于黑白图像时效果最佳。

9.2.8　纹理滤镜

"纹理滤镜"为图像创造各种纹理材质的感觉。单击"滤镜"菜单,选择"纹理",将弹出如图 9 - 95 所示子菜单。可以看到纹理滤镜组共有 6 个滤镜。该组滤镜不能应用在 CMYK 和 Lab 模式下的图像。

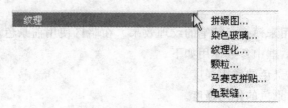

图 9 - 95

1. 拼缀图滤镜

"拼缀图滤镜"的作用是将图像处理成方块状拼贴图的效果。打开一副图片,如图 9 - 96 所示。单击"滤镜"→"纹理"→"拼缀图"菜单命令,将调出如图 9 - 97 所示"拼缀图"对话框。可以调节拼贴方块的大小,凸现的大小。

在此对话框中还可以很方便直观地看到"纹理"滤镜组的所有滤镜的效果。只需单击相应的滤镜,就可以在左边的预览框中看到应用滤镜后的图像效果。

应用"拼贴图"滤镜效果如图 9-98 所示。

2. 染色玻璃滤镜

"染色玻璃滤镜"可以在图像中产生不规则分离的彩色玻璃格子的效果。

图 9 - 96

3. 颗粒滤镜

"颗粒滤镜"模拟不同的颗粒(常规、柔和、喷洒、结块、强反差、扩大、点刻、水平、垂直和斑点)纹理添加到图像的效果。

4. 纹理化滤镜

"纹理化滤镜"模拟使用系统内的纹理(砖形、粗麻布、画布和砂岩)或载入其他纹理添加到

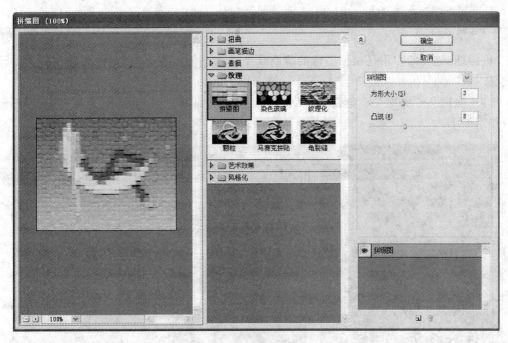

图 9-97

图像的效果。

图 9-99 为使用"粗麻布"纹理添加到图像的效果。

5. 马赛克拼贴滤镜

"马赛克拼贴滤镜"可以将图像处理成马赛克拼贴图的效果。

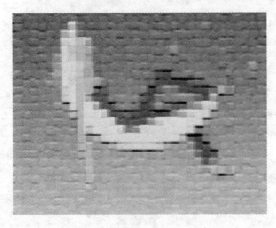

图 9-98

图 9-99

6. 龟裂缝滤镜

"龟裂缝滤镜"的作用是根据图像的等高线生成精细的纹理,应用此纹理使图像产生浮雕的效果。

单击"滤镜"→"纹理"→"龟裂缝"菜单命令,将调出如图 9 - 100 所示"龟裂缝"对话框。各参数作用如下。

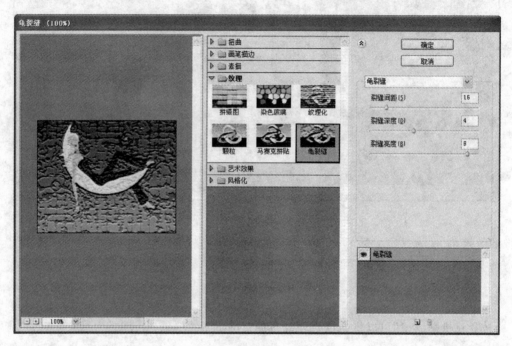

图 9 - 100

裂缝间距:调节纹理的凹陷部分的尺寸。

裂缝深度:调节凹陷部分的深度。

裂缝亮度:通过改变纹理图像的对比度来影响浮雕的效果。

应用"龟裂缝"滤镜的效果如图 9 - 101 所示。

图 9 - 101

9.2.9 像素化滤镜

"像素化滤镜"将图像分成一定的区域,将这些区域转变为相应的色块,再由色块构成图像,类似于色彩构成的效果。单击"滤镜"菜单,选择"像素化",将弹出如图 9 - 102 所示子菜单。可以看到像素化滤镜组共有 7 个滤镜。

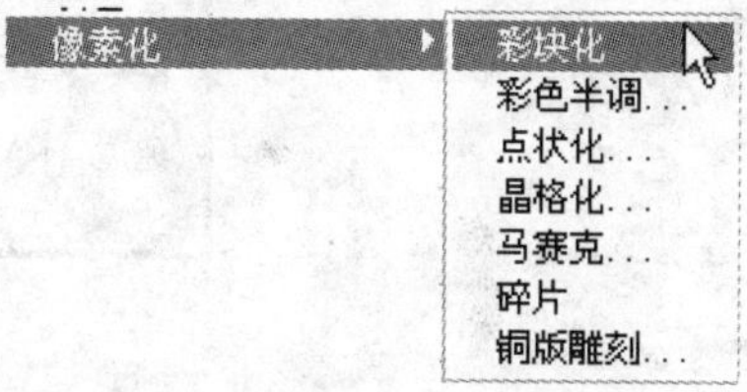

1. 彩块化滤镜

"彩块化滤镜"是使用纯色或相近颜色的像素结块来重新绘制图像,类似手绘的效果。"彩块化"滤镜的使用

比较简单,单击"滤镜"→"像素化"→"彩块化"菜单命令,即可对图像添加彩块化滤镜效果,如图 9 - 103 所示。

图 9 - 102

2. 彩色半调滤镜

"彩色半调滤镜"模拟在图像的每个通道上使用半调网屏的效果,将一个通道分解为若干个矩形,然后用圆形替换掉矩形,圆形的大小与矩形的亮度成正比。

单击"滤镜"→"像素化"→"彩色半调"菜单命令,将调出如图 9 - 104 所示"彩色半调"对话框。其参数作用如下。

"最大半径"文本框:设置半调网屏的最大半径。

"网角度":对于灰度图像:只使用通道 1;对于 RGB 图像:使用 1,2 和 3 通道,分别对应红色,绿色和蓝色通道;对于 CMYK 图像:使用所有 4 个通道,对应青色,洋红,黄色和黑色通道。

原图像　　　　　　　　　彩块化效果

图 9 – 103

彩色半调

最大半径(R)：　　8　　(像素)　　　确定

网角(度)：　　　　　　　　　　　　取消

通道 1(1)：　108　　　　　　　　　默认(D)

通道 2(2)：　162

通道 3(3)：　90

通道 4(4)：　45

图 9 – 104

应用彩色半调的图像效果如图 9 – 105 所示。

原图像　　　　　　　　　　　　彩色半调效果

图 9 – 105

3. 点状化

"点状化"的作用是将图像分解为随机分布的网点,模拟点状绘画的效果。使用背景色填充网点之间的空白区域。

单击"滤镜"→"像素化"→"点状化"菜单命令,将调出"点状化"对话框。其参数作用与"晶格化"滤镜相同。

图 9 – 106 为原图,图 9 – 107 为使用点状化滤镜后的效果。

图 9 – 106   图 9 – 107

4. 晶格化滤镜

"晶格化滤镜"的作用是使用多边形纯色结块重新绘制图像。

单击"滤镜"→"像素化"→"晶格化"菜单命令,将调出如图 9 – 108 所示"晶格化"对话框。其参数作用如下。

预览框:预览使用晶格化滤镜的图像效果。⊟ 按钮:缩小预览图。⊞ 按钮:放大预览图。

单元格大小:调整结块单元格的尺寸,不要设的过大,否则图像将变得面目全非,范围是 3～300。

图 9 – 109 为使用晶格化滤镜后的效果。

5. 马赛克滤镜

众所周知的马赛克效果是将像素结为方形块。单击"滤镜"→"像素化"→"马赛克"菜单命令,将调出如图 9 – 110 所示"马赛克"对话框。

图 9 – 108　　　　　　　　　　　图 9 – 109

图 9 – 112 为图 9 – 111 使用"马赛克"滤镜后的效果图。

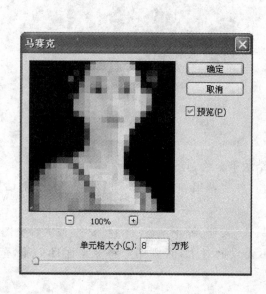

图 9 – 110　　　　　　　　　　　图 9 – 111

6. 碎片滤镜

"碎片滤镜"的作用是将图像创建四个相互偏移的副本,产生类似重影的效果。

单击"滤镜"→"像素化"→"碎片"菜单命令,即可对图像添加碎片滤镜效果。如图 9 – 113 所示。

图 9 - 112 图 9 - 113

7. 铜版雕刻滤镜

"铜版雕刻滤镜"的作用是使用黑白或颜色完全饱和的网点图案重新绘制图像。

单击"滤镜"→"像素化"→"铜版雕刻"菜单命令,将调出如图 9 - 114 所示"铜版雕刻"对话

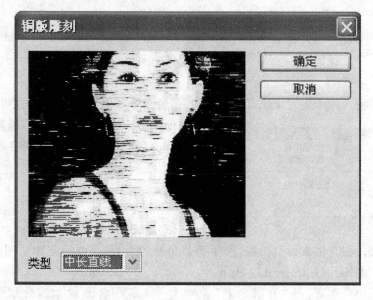

图 9 - 114

框。其参数作用如下。

"类型"下拉列表框：用于选择网点图案，共有 10 种类型，分别为精细点，中等点，粒状点，粗网点，短线，中长直线，长线，短描边，中长描边和长边。

图 9-115 为图 9-111 使用"铜版雕刻"滤镜后的效果图。

图 9-115

9.2.10　渲染滤镜

"渲染滤镜"使图像产生三维映射云彩图像，折射图像和模拟光线反射，还可以用灰度文件创建纹理进行填充。单击"滤镜"菜单，选择"渲染"，将弹出如图 9-116 所示子菜单。可以看到渲染滤镜组共有 5 个滤镜。

图 9-116

1. 分层云彩滤镜

"分层云彩滤镜"的作用是使用随机生成的介于前景色与背景色之间的值来生成云彩图案，产生类似负片的效果，此滤镜不能应用于 Lab 模式下的图像。打开一幅图片，如图 9-117 所示。

单击"滤镜"→"渲染"→"分层云彩"菜单命令，即可给图像添加分层云彩效果。如

图9-118所示。

图 9-117   图 9-118

2. 光照效果滤镜

"光照效果滤镜"的作用是使图像呈现光照的效果,此滤镜不能应用于灰度,CMYK 和 Lab 模式下的图像。

打开一副图像,如图 9-119 所示。单击"滤镜"→"渲染"→"光照效果"菜单命令,将调出如图 9-120 所示"光照效果"对话框。参数作用如下。

图 9-119

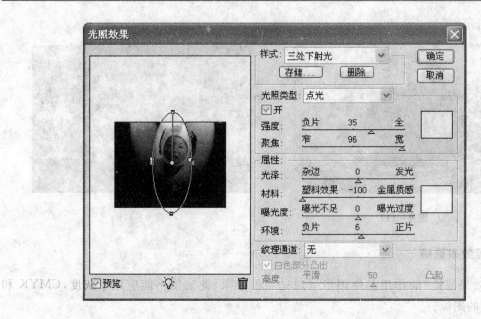

图 9 – 120

"样式"下拉列表框：滤镜自带了 17 种灯光布置的样式，可以单击直接调用，也还可以将自己的设置参数存储为样式，以备日后调用。

"光照类型"分为三种："点光"、"平行光"和"全光源"。点光：当光源的照射范围框为椭圆形时为斜射状态，投射下椭圆形的光圈，当光源的照射范围框为圆形时为直射状态，效果与全光源相同；平行光：均匀的照射整个图像，此类型灯光无聚焦选项；全光源：光源为直射状态，投射下圆形光圈。"光照类型"区域右侧的色块设置光照颜色。

强度：调节灯光的亮度，若为负值则产生吸光效果。

聚焦：调节灯光的衰减范围。

属性：每种灯光都有光泽，材料，曝光度和环境四种属性。"属性"区域右侧的色块可以设置环境色。

纹理通道：选择要建立凹凸效果的通道。

白色部分凸出：默认此项为勾选状态，若取消此项的勾选，凸出的将是通道中的黑色部分。

高度：控制纹理的凹凸程度。

图 9 – 121 为图 9 – 119 添加"三处点光"并调整参数后的光照效果。

3. 镜头光晕滤镜

"镜头光晕滤镜"的作用是模拟亮光照射到相机镜头所产生的光晕效果。通过单击图像缩览图来改变光晕中心的位置，此滤镜不能应用于灰度，CMYK 和 Lab 模式下的图像。

打开一幅图像,单击"滤镜"→"渲染"→"镜头光晕"菜单命令,将调出如图 9-122 所示"镜头光晕"对话框。三种镜头类型:50～300 mm 变焦,35 mm 聚焦和 105 mm 聚焦。图 9-124 为图 9-123 添加镜头光晕的效果图。

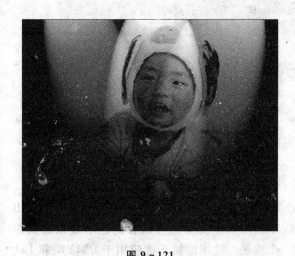

图 9-121

图 9-123

图 9-124

4. 云彩滤镜

"云彩滤镜"的作用是使用介于前景色和背景色之间的随机值生成柔和的云彩效果,如果按住 Alt 键使用云彩滤镜,将会生成色彩相对分明的云彩效果。

设置前景色为蓝色,背景色为白色。单击"滤镜"→"渲染"→"云彩"菜单命令,即可给图像添加云彩效果。如图 9-125 所示。

图 9-125

9.2.11 艺术效果滤镜

"艺术效果滤镜"模拟天然或传统的艺术效果。单击"滤镜"菜单,选择"艺术效果",将弹出如图 9-126 所示子菜单。可以看到艺术效果滤镜组共有 15 个滤镜。此组滤镜不能应用于 CMYK 和 Lab 模式下的图像。

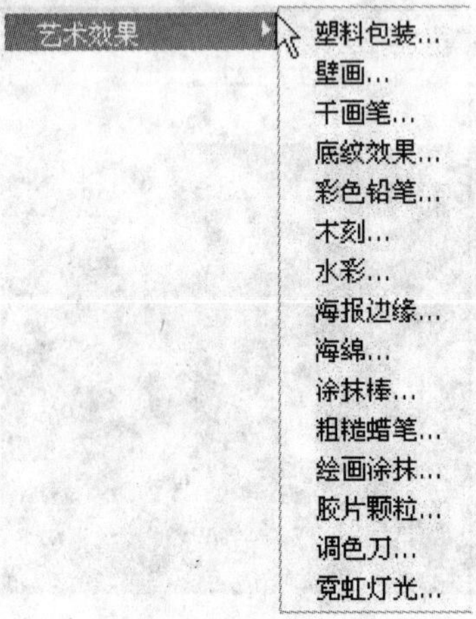

艺术效果 ▶
塑料包装…
壁画…
干画笔…
底纹效果…
彩色铅笔…
木刻…
水彩…
海报边缘…
海绵…
涂抹棒…
粗糙蜡笔…
绘画涂抹…
胶片颗粒…
调色刀…
霓虹灯光…

图 9-126

1. 壁画滤镜

"壁画滤镜"的作用是使用小块的颜料来粗糙地绘制图像。"壁画"滤镜对话框中参数作用如下。

画笔大小:调节颜料的大小。

画笔细节:控制绘制图像的细节程度。

纹理:控制纹理的对比度。

打开一幅图像如图 9-127 所示。应用"壁画"滤镜的效果如图 9-128 所示。

2. 彩色铅笔滤镜

"彩色铅笔滤镜"的作用是使用彩色铅笔在纯色背景上绘制图像。

图 9-127 应用"彩色铅笔"滤镜的效果如图 9-129 所示。

图 9-127

图 9-128

图 9-129

3. 调色刀

"调色刀"的作用是降低图像的细节并淡化图像,使图像呈现出绘制在湿润的画布上的效果。"调色刀"滤镜对话框中参数作用如下。

描边大小:调节色块的大小。

线条细节:控制线条刻画的强度。

软化度:淡化色彩间的边界。

4．干画笔

"干画笔"的作用是使用干画笔绘制图像，形成介于油画和水彩画之间的效果。

5．海报边缘滤镜

"海报边缘滤镜"的作用是使用黑色线条绘制图像的边缘。"海报边缘"滤镜对话框中参数作用如下。

边缘厚度：调节边缘绘制的柔和度。

边缘强度：调节边缘绘制的对比度。

海报化：控制图像的颜色数量。

6．海绵滤镜

"海绵滤镜"顾名思义，使图像看起来像是在海绵上绘制的一样。"海绵滤镜"对话框中参数作用如下。

画笔大小：调节色块的大小。

定义：调节图像的对比度。

平滑度：控制色彩之间的融合度。

图 9-127 应用"海绵"滤镜的效果如图 9-130 所示。

图 9-130

7．绘画涂抹滤镜

"绘画涂抹滤镜"的作用是使用不同类型的画笔效果涂抹图像。"绘画涂抹"滤镜对话框中参数作用如下。

画笔大小：调节笔触的大小。

锐化程度:控制图像的锐化值。

画笔类型:共有简单、未处理光照、未处理深色、宽锐化、宽模糊和火花 6 种类型的涂抹方式。

图 9-131 为图 9-127 使用"未处理光照"涂抹方式加工后的图像。

图 9-131

8. 胶片颗粒滤镜

"胶片颗粒滤镜"的作用是模拟图像的胶片颗粒效果。"胶片颗粒"滤镜对话框中参数作用如下。

颗粒:控制颗粒的数量。

高光区域:控制高光的区域范围。

强度:控制图像的对比度。

9. 木刻滤镜

"木刻滤镜"的作用是将图像描绘成如同用彩色纸片拼贴的一样。"木刻"滤镜对话框中参数作用如下。

色阶数:控制色阶的数量级。

边简化度:简化图像的边界。

边逼真度:控制图像边缘的细节。

图 9-127 应用"木刻"滤镜的效果如图 9-132 所示。

10. 霓虹灯光滤镜

"霓虹灯光滤镜"模拟霓虹灯光照射图像的效果,默认状态下图像背景将用前景色填充。

"霓虹灯光滤镜"对话框中参数作用如下。

发光大小：正值为照亮图像，负值是使图像变暗。

发光亮度：控制亮度数值。

发光颜色：设置发光的颜色。

图 9 – 127 应用"霓虹灯光"滤镜的效果如图 9 – 133 所示。

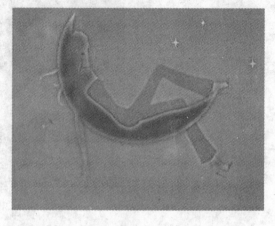

图 9 – 132   图 9 – 133

11. 水彩滤镜

"水彩滤镜"的作用是模拟水彩风格的图像。

12. 塑料包装滤镜

"塑料包装滤镜"的作用是将图像的细节部分涂上一层发光的塑料。

单击"滤镜"→"艺术效果"→"拼缀图"菜单命令，将调出如图 9 – 134 所示"塑料包装"对话框。在此对话框中也可以很方便直观地看到"艺术效果"滤镜组的所有滤镜的效果。单击相应的滤镜，就可以在左边的预览框中看到应用滤镜后的图像效果。参数作用如下。

高光强度：调节高光的强度。

细节：调节绘制图像细节的程度。

平滑度：控制发光塑料的柔和度。

图 9 – 127 应用"塑料包装"滤镜的效果如图 9 – 135 所示。

13. 涂抹棒滤镜

"涂抹棒滤镜"的作用是使用对角线描边涂抹图像的暗区以柔化图像。"涂抹棒"滤镜对话框中参数作用如下。

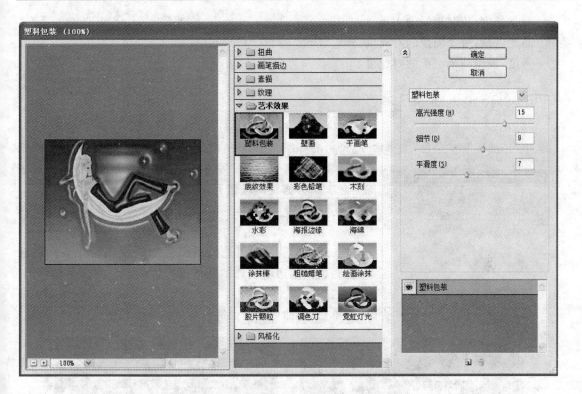

图 9 – 134

图 9 – 135

线条长度:控制笔触的大小。

高光区域:改变图像的对比度。

强度:控制结果图像的对比度。

9.2.12　杂色滤镜

单击"滤镜"→"杂色"菜单命令,即可看如图 9-136 所示其子菜单命令。由图中可以看出杂色滤镜组有 5 个滤镜。它们的作用主要是给图像添加或去除杂色。部分滤镜用法如下。

1. 去斑滤镜

"去斑滤镜"的作用是检测图像边缘颜色变化较大的区域,通过模糊除边缘以外的其他部分以起到消除杂色的作用,但不损失图像的细节。

图 9-136

单击"滤镜"→"杂色"→"去斑"菜单命令,即可对图像进行去斑操作。如图 9-137 所示。

（a）原图像　　　　　　　　　　　　　　　（b）去斑效果

图 9-137

2. 添加杂色滤镜

"添加杂色滤镜"的作用是将添入的杂色与图像相混合。打开一幅图片,单击"滤镜"→"杂色"→"添加杂色"菜单命令,将调出如图 9-138 所示"添加杂色"对话框。参数作用如下。

数量:控制添加杂色的百分比。

平均分布:使用随机分布产生杂色。

高斯分布:根据高斯曲线进行分布,产生的杂色效果更明显。

单色:选中此项,添加的杂色将只影响图像的色调,而不会改变图像的颜色。

调整参数后,单击"确定"按钮,即可对图像添加杂色。图 9-139 使用"杂色滤镜"后的效果如图 9-140 所示。

3. 中间值滤镜

"中间值滤镜"的作用是通过混合像素的亮度来减少杂色。可以用来去除瑕疵。打开一幅人物图片,如图 9-141 所示,可以看到人物面部有一颗痣。现在我们使用"中间值"滤镜将这颗痣去掉。

首先用椭圆选框工具将痣及周围区域框选,如图 9-142 所示。然后单击"滤镜"→"杂色"→"中间值"菜单命令,将调出如图 9-143 所示"中间值"对话框。参数作用如下。

半径:此滤镜将用规定半径内像素的平均亮度值来取代半径中心像素的亮度值。

适当调整半径后,图 9-141 使用"中间值"滤镜后的效果如图 9-143 所示。

图 9-138

图 9-139

图 9-140

图 9 – 141

图 9 – 142

图 9 – 143

9.2.13　"其它"滤镜

单击"滤镜"菜单,选择"其它",将弹出如图 9 - 144 所示子菜单。可以看到"其它"滤镜组有 5 个滤镜。它们的作用主要是修饰图像的一些细节部分,我们也可以创建自己的滤镜。

图 9 - 144

1. 高反差保留滤镜

"高反差保留滤镜"的作用是按指定的半径保留图像边缘的细节。可以删除图像中色调变化平缓的部分,保留色调高反差部分。综合"图层混合模式",可以做出比较清晰的图像。

打开一幅图像,如图 9 - 145 所示。单击"滤镜"→"其它"→"高反差保留"菜单命令,将调出如图 9 - 146 所示"高反差保留"对话框。

图 9 - 145

半径:控制过渡边界的大小。使用比较小的半径可以将图像边缘很清晰地显示出来。半径越大,边缘也越宽。

按照图 9 - 146 所示的设置,即可将图 9 - 145 处理成如图 9 - 147 所示的效果。

2. 位移滤镜

"位移滤镜"的作用是按照输入的值在水平和垂直的方向上移动图像。单击"滤镜"→"其它"→"位移"菜单命令,将调出如图 9 - 148 所示"位移"对话框。其参数作用如下。

图 9-146　　　　　　　　　　　　　　　图 9-147

水平:控制水平向右移动的距离。

垂直:控制垂直向下移动的距离。

按照图 9-148 所示的设置,即可将图 9-145 处理成如图 9-149 所示的效果。

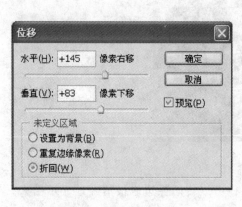

图 9-148　　　　　　　　　　　　　　　图 9-149

3. 自定滤镜

"自定滤镜"的作用是根据预定义的数学运算更改图像中每个像素的亮度值,可以模拟出锐化,模糊或浮雕的效果。可以将自己设置的参数存储起来以备日后调用。单击"滤镜"→"其它"→"自定"菜单命令,将调出如图 9-150 所示"自定"对话框。其参数作用如下。

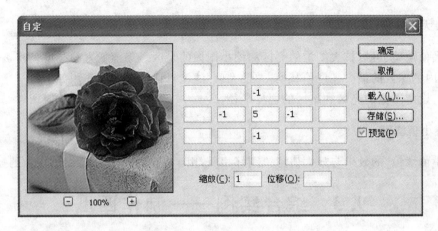

图 9 – 150

5×5 的文本框：中心的文本框代表目标像素，四周的文本框代表目标像素周围对应位置的像素。文本框内的数字表示当前像素的亮度增加的倍数。

计算方法：系统会将图像各像素的亮度值与对应位置文本框中的数值相乘，再将其值与像素原来的亮度值相加，然后除以"缩放"量，最后与"位移"量相加。计算出来的数值作为相应像素的亮度值，用以改变图像的亮度。

缩放：用来输入缩放量，其取值范围是 1～9 999。

位移：用来输入位移量，其取值范围是－9 999～9 999。

载入：可以载入外部用户自定义的滤镜。

存储：可以将设置好的自定义滤镜存储。

按照图 9 - 150 所示的设置，即可将图 9 - 145 处理成如图 9 - 151 所示的效果。

图 9 – 151

4．最大值滤镜

"最大值滤镜"可以扩大图像的亮区和缩小图像的暗区。当前像素的亮度值将被所设定的半径范围内的像素的最大亮度值替换。"最大值"滤镜对话框中参数作用如下。

半径：设定图像的亮区和暗区的边界半径。

5．最小值滤镜

"最小值滤镜"的效果与最大值滤镜刚好相反，用于扩大图像的暗区缩小图像的亮区。

9.3　综合实例——制作西瓜

下面介绍利用 Photoshop CS4 制作西瓜的具体步骤。

① 新建一个画布，并单击"图层"调板中的"创建新图层"按钮 ，创建一个新的普通图层。命名为"瓜体"。

② 选择"椭圆选框"工具，在"瓜体"层拖曳出一个椭圆形选区。如图 9－152 所示。

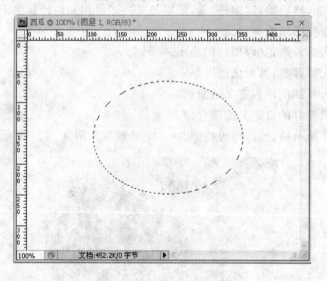

图 9－152

③ 设置前景色为淡绿色，背景色为深绿色。选择渐变工具，渐变颜色为"前景色到背景色"，渐变方式为"径向"，在椭圆选区内拖出如图 9－153 所示渐变。

④ 再次单击"图层"调板中的"创建新图层"按钮 ，创建新的普通图层，并选择矩形选框工具，在"瓜纹"层拖曳出如图 9－154 所示矩形条，填充上深绿色。

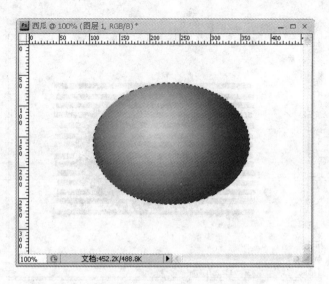

图 9 - 153

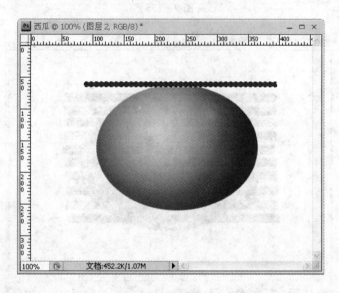

图 9 - 154

⑤ 保持矩形选区不取消,选择移动工具,按下 Alt 键,复制出若干矩形条。如图 9 - 155 所示。

⑥ 取消选区,确定当前图层是"瓜纹"层,按下 Ctrl 键,单击"瓜体"图层缩略图,将椭圆选区载入,如图 9 - 156 所示。此时图层调板如图 9 - 157 所示。

⑦ 执行"滤镜"→"扭曲"→"波纹",调整波纹的数量,效果如图 9 - 158 所示。

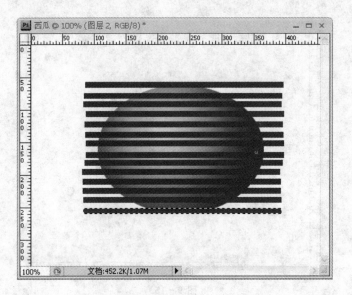

图 9 - 155

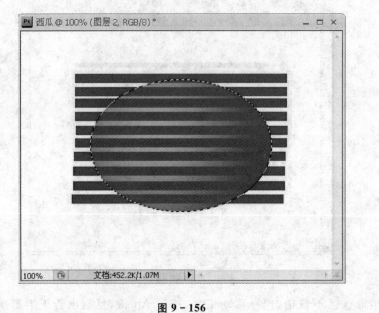

图 9 - 156

⑧ 执行"滤镜"→"扭曲"→"球面化",参数设置如图 9 - 159 所示。得到如图 9 - 160 所示效果。

⑨ 执行"选择"→"反向"命令,按下 Delete 键,将多余的瓜纹删除,并取消选区。效果如图9 - 161 所示。

图 9 - 157

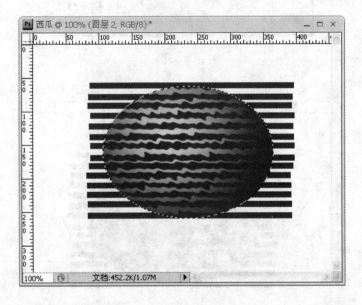

图 9 - 158

⑩ 再新建一个图层,命名"瓜蒂",用矩形选框工具绘制一小矩形选区,填充上灰色,取消选区。如图 9 - 162 所示。

⑪ 执行"滤镜"→"液化",将瓜蒂部分进行扭曲,参数可根据情况灵活调整,得到类似如图 9 - 163 所示效果。

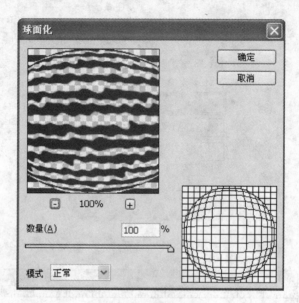

图 9 - 159

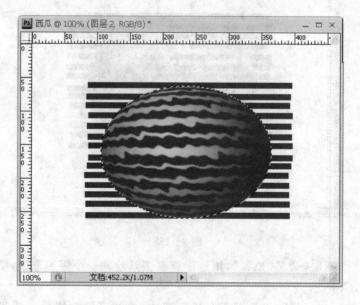

图 9 - 160

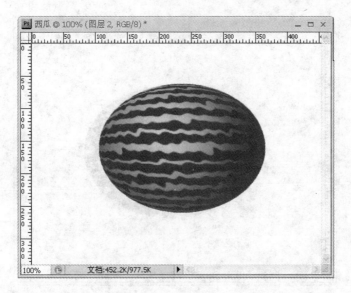

图 9 – 161

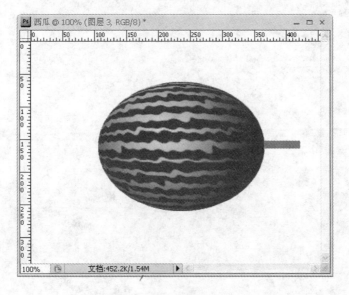

图 9 – 162

图 9 - 163

参考文献

［1］沈大林. Photoshop 7.0 基础与案例教程［M］. 北京:高等教育出版社,2004.

［2］Adobe 公司北京代表处. Adobe Photoshop CS2 标准培训教材［M］. 北京:人民邮电出版社,2006.

［3］彭德林,明丽宏. Photoshop CS3 中文版技能教程［M］. 北京:中国水利水电出版社,2009.